너와 나의 최후의 전장, 혹은 세계가 시작되는 성전 10
the War ends the world / raises the world
"……연락 없음.
린에게 도대체 무슨 일이 생긴 거야?"
앨리스리제 루 네뷸리스 9세
Aliceliese Lou Nebulis IX
네뷸리스 황청의 제2왕녀. 시스벨을 구출하
러 간 이스카와 린의 연락이 두절되는 바람
에 몹시 걱정하고 있다.

"더는 못 도망가.
알지?"
네네 알카스토네
Nene Alkastone
제국군 기구 Ⅲ사 제907부대의 기계
기술자. 시스벨의 친애 계획을 한사
코 저지한다.
미스미스 클라스
Mismis Klass
제국군 기구 Ⅲ사 제907부대 대장.
시스벨의 친애 계획을 한사코 저지
한다.

"다, 당신들 뭐예요?!
자는 거 아니었어요?!"
시스벨 루 네뷸리스 9세
Sisbell Lou Nebulis IX
네뷸리스 황청의 제3왕녀. 납치되어 켈비나의 수중에 들어갔는데, 이스카 일행 덕분에 구출됐다. 앨리스가 없는 사이에 이스카와 좀 더 친해질 궁리를 하는데…….

the War ends the world / raises the world

CONTENTS

너와 나의 최후의 전장, 혹은 세계가 시작되는 성전 10

the War ends the world / raises the world

사자네 케이 지음
한수진 옮김

커버 그림, 본문 일러스트 | **네코나베 아오**

너와 나의 최후의 전장, 혹은 세계가 시작되는 성전 10

the War ends the world / raises the world

So Se lu, deus E gilim fert ?
당신은 무엇을 자아내는 거야?

Nevaliss E suo Ez nes pelnis, Ec wop kis Sec eme cs.
당신은 임시 그릇이라고 하지만, 그것도 내가 준 선물.

Deris E nes Sec phenoria.
당신도 내 자식이니까.

마녀들의 낙원

「네뷸리스 황청」

앨리스리제 루 네뷸리스 9세
Aliceliese Lou Nebulis IX

네뷸리스 황청의 제2왕녀. 가장 유력한 차기 여왕 후보. 얼음을 다루는 최강 성령술사. 제국에서는 「빙화의 마녀」 라고 불리는 공포의 대상. 황청 내부의 온갖 음모에 염증을 내고 있으며, 전장에서 만난 적국 검사인 이스카와의 정정당당한 싸움에 설렘을 느낀다.

린 뷔스포즈
Rin Vispose

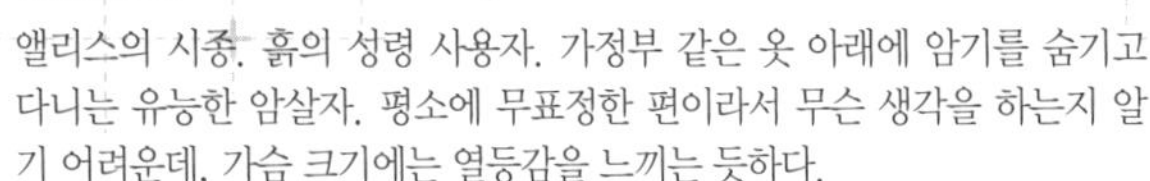

앨리스의 시종. 흙의 성령 사용자. 가정부 같은 옷 아래에 암기를 숨기고 다니는 유능한 암살자. 평소에 무표정한 편이라서 무슨 생각을 하는지 알기 어려운데, 가슴 크기에는 열등감을 느끼는 듯하다.

시스벨 루 네뷸리스 9세
Sisbell Lou Nebulis IX

네뷸리스 황청의 제3왕녀. 앨리스리제의 여동생. 과거에 일어난 사건을 영상과 음성으로 재생하는 「등불」의 성령을 지녔다. 과거에 제국에 붙잡혔다가 이스카의 도움을 받았다.

가면 경 온
On

차기 여왕 자리를 놓고 루 가문과 경쟁하는 조아 가문의 일원. 속마음을 알 수 없는 책략가.

키싱 조아 네뷸리스
Kissing Zoa Nebulis

조아 가문의 비밀 병기. 강력한 성령술사. 「가시」의 성령을 지니고 있다.

샐린저
Salinger

여왕 암살 미수죄로 감옥에 갇혀 있었던 최강의 마인. 현재는 탈옥 중.

일리티아 루 네뷸리스 9세
Elletear Lou Nebulis IX

네뷸리스 황청의 제1왕녀. 대외 활동에 열중하느라 자주 왕궁을 비운다.

기계로 된 이상향

「천제국」

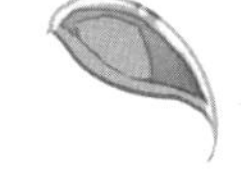

이스카
Iska

제국군 인류 방위기구, 기구 Ⅲ사(師) 제907부대 소속. 과거에 사상 최연소로 제국의 최고 전력 「사도성(使徒聖)」 자리에 올랐지만, 마녀를 탈옥시킨 죄로 그 자격을 박탈당했다. 성령술을 차단하는 흑강의 성검과, 마지막으로 벤 성령술을 딱 한 번 재현하는 백강의 성검을 가지고 있다. 평화를 위해 싸우는 올곧은 소년 검사.

미스미스 클라스
Mismis Klass

제907부대 대장. 얼굴이 엄청나게 앳되어서 청소년처럼 보여도 실은 어엿한 성인 여성. 덜렁이지만 책임감이 강하고, 부하들에게도 신뢰를 받고 있다. 볼텍스에 빠지는 바람에 마녀로 변했다.

진 슐라건
Jhin Syulargun

제907부대 저격수. 귀신같은 저격 솜씨를 자랑한다. 이스카와 같은 스승님 밑에서 동문수학한 질긴 인연의 소유자. 성격은 차갑고 냉소적이지만, 동료를 아끼는 마음은 뜨겁다.

네네 알카스토네
Nene Alkastone

제907부대 기계 기술자. 병기 개발의 천재. 아득히 높은 곳에서 철갑탄을 발사하는 위성 병기를 조종한다. 실은 이스카를 친오빠처럼 잘 따르는 천진난만하고 사랑스러운 소녀.

리샤 인 엠파이어
Risya In Empire

사도성 서열 제5위. 통칭 「만능 천재」. 검은 테 안경을 쓰고 양복을 입은 미녀. 학교 동기인 미스미스를 마음에 들어 한다.

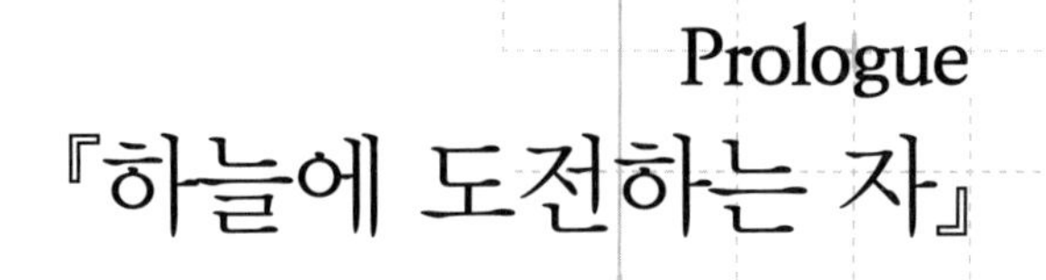

Prologue
『하늘에 도전하는 자』

the War ends the world /
raises the world

"이봐, 흙의 마녀. 들리지?"

키득키득.

아이가 웃음을 참는 듯한 숨소리. 소년인지 소녀인지 알 수 없는 중성적인 목소리가 울려 퍼진 그곳은, 제국에서 흔히 볼 수 있는 플로어링 바닥이 아니라 다다미가 깔린 넓은 방이었다. 방 한쪽에는 향이 피워져 있었다.

이국적인 분위기.

전체적으로 붉은색인 이 방의 풍경은 흙의 마녀라고 불린 소녀——린에게 마치 별세계의 풍경처럼 보였다.

"이봐, 마녀."

"…………."

"안 들려? 이상하네. 이미 오래전에 깨어났을 텐데. 혹시 여전히 기절한 척하면서, 방심한 멜른의 목을 베려는 건가?"

"……쳇! 이 괴물 같은 놈."

속임수가 통하지 않는다.

린은 양손이 묶인 상태로 쓰러져 있다가 바닥에 무릎을 대고 일어섰다.

체육관만큼이나 넓은 방.

이곳에 있는 것은 구속당한 자신과 인간의 언어로 말하는「괴물」이었다.

천제의 자리에 양반다리로 앉아 있는 은색 수인(獸人)은 턱을 괸 채 이쪽을 내려다보고 있었다. 싱글싱글 즐겁게 웃으면서.

"……상당히 유쾌해 보이는군. 나를 붙잡은 것이 그토록 기쁘냐?"

"응~? 글쎄, 멜른이 즐거운지 안 즐거운지는 앞으로 너 하기에 달렸지."

"그게 무슨 뜻이냐."

"아, 저기. 그 전에. 마녀야――."

"닥쳐라!"

마녀.

성령술사에 대한 멸칭을 듣자, 린은 이를 드러내며 소리를 질렀다.

"너처럼 기괴하게 생긴 놈한테 마녀란 소리를 듣고 싶진 않다!"

"의외네. 멜른이 그렇게 기괴해?"

은색 털은 꼭 여우처럼 보였다.

얼굴은 마치 고양이와 인간 소녀를 합쳐놓은 것 같았다. 아기 고양이처럼 눈이 커서, 언뜻 보면 친근감도 느껴지는 외모였다.

――수인.

적어도 린은 이런 종족이 이 세상에 존재한다는 이야기를 들어

본 적이 없었다.

"……네놈은 도대체 뭐냐."

"또 그 질문인가? 대체 몇 번이나 대답해줘야 하는 거야?"

흐아암 하고 늘어지게 하품을 하면서.

그 질문은 이제 지겹다는 듯한 제스처를 취하더니.

"멜른은 멜른이야."

"……천제 융메룽겐."

"뭐야. 정확히 알고 있네?"

"내가 그걸 순순히 믿을 것 같아?!"

제국의 상징인 천제.

린에게는 불구대천의 원수였다. 아니, 린뿐만 아니라 그녀의 주인인 앨리스나 여왕을 비롯한 모든 성령술사에게 이보다 더 증오스러운 상대는 없을 것이다.

그런데——.

그 천제가, 설마 이런 인간이 아닌 괴물일 줄이야.

"넌 나를 마녀라고 부르는데, 그러는 너야말로 완전히 괴물 아니냐?!"

"그건 오해야."

"뭐?!"

"멜른에게 이름을 가르쳐줄 마음이 없다고 한 것은 너잖아?"

"당연하지. 네놈에게 가르쳐줄 것 따위는 없다."

"그럼 역시 『마녀』라고 부를 수밖에 없잖아. 나 참, 정말 고집이

세구나."

천제가 못 말리겠다는 듯이 어깨를 으쓱했다.

"너는 포로야. 그러니까 멜른에게 이름 정도는 가르쳐줘야 하는 거 아냐?"

"————."

침묵. 제자리에 우뚝 선 채 눈을 감았다. 그것이 린의 대답이었다.

——너에게 복종할 마음은 없다.

마녀로서 포로가 된 이상 자신의 미래는 처형이나 고문이나 인체실험, 셋 중 하나였다.

그거면 충분했다.

이런 괴물과 말을 섞느니, 차라리 그 셋 중 하나가 자신에게는 더 나았다.

"어휴…… 진짜 고집불통이네. 그야말로 전형적인 황청 사람이구나. 제국이나 제국인이라는 단어를 듣기만 해도 다짜고짜 화부터 낸다니까."

천제의 한숨이 들려왔다.

"자, 그럼 어쩔까? 이런 때 리샤라면 능숙하게 회유할 텐데. 유감스럽게도 리샤는 당분간 돌아오지 않을 테고."

"————."

"아, 그래!"

딱 하고 손가락 튕기는 소리를 냈다.

린이 그 기척을 느낀 순간, 두 손목을 단단히 구속하고 있던 수갑이 풀렸다.

"?! 너, 뭐야……?"

저도 모르게 눈을 떴다.

양손이 자유로워지자 방어 태세를 취하는 린. 그보다 한층 더 높은 곳에서 천제 융메룽겐이 일어나 있었다.

"좋은 생각이 났어."

이어서 그는 도약했다.

고양이처럼 가볍게 빙글 한 바퀴 돌아 린의 눈앞에 착지했다.

"있잖아——."

"윽!"

황급히 펄쩍 뛰어 후퇴했다.

5m쯤 되는 거리를 사이에 두고, 은색 수인이 자신의 얼굴을 들여다보고 있었다.

"마녀야. 넌 멜른이 밉지?"

"물론이다."

"그런데 멜른도 실은 심심하거든. 그러니까 대결하자, 응?"

"……대결이라고?"

"온 힘을 다해 덤벼도 돼. 마녀야."

털이 복슬복슬한 꼬리를 살랑살랑 흔드는 은색 수인.

"멜른에게는 심심풀이 장난이지만, 너에게는 기사회생의 기회야. 멜른을 이기면 상을 줄게. 조건 없이 제도에서 탈출할 수 있도록 말이야.”

“……뭐라고……?”

제 귀를 의심했다.

붙잡아서 여기까지 끌고 온 포로를 무조건 해방시켜준다고?

나를 얕보는구나.

이토록 나에게 유리한 조건을 제시한다는 것은, ‘어차피 넌 못 하잖아?’라는 천제의 속마음을 그대로 보여주는 것이었다.

“네 이놈, 도대체 어디까지 나를 업신여길 셈이냐!”

“이건 거래야.”

천제 융메룽겐이 양팔을 벌렸다.

그것이 임전 태세.

네뷸리스 황청의 역대 여왕조차도 모르는 천제의 「전투 자세」일 것이다.

“멜른이 이기면 네 이름을 가르쳐 달라고 할 거야. 그리고 너는 리샤가 돌아올 때까지 심심한 멜른과 함께 놀아줘야 해. 자, 어쩔래?”

“……나를 만만하게 보는구나. 내 성령이 흙이란 것을 알고, 흙이 없는 방에서는 싸우지 못한다고 생각한 거냐?”

스커트가 크게 펄럭였다.

그 직후, 린의 양손에는 전투용 나이프가 들려 있었다.

“어? 그런 것을 아직도 가지고 있었어?”

“내 수갑을 풀어준 것을 후회하게 해주마!”

다다미를 박찼다.

강렬한 골풀 냄새가 나는 드넓은 방에서, 린은 천제를 향해 뛰어들었다.

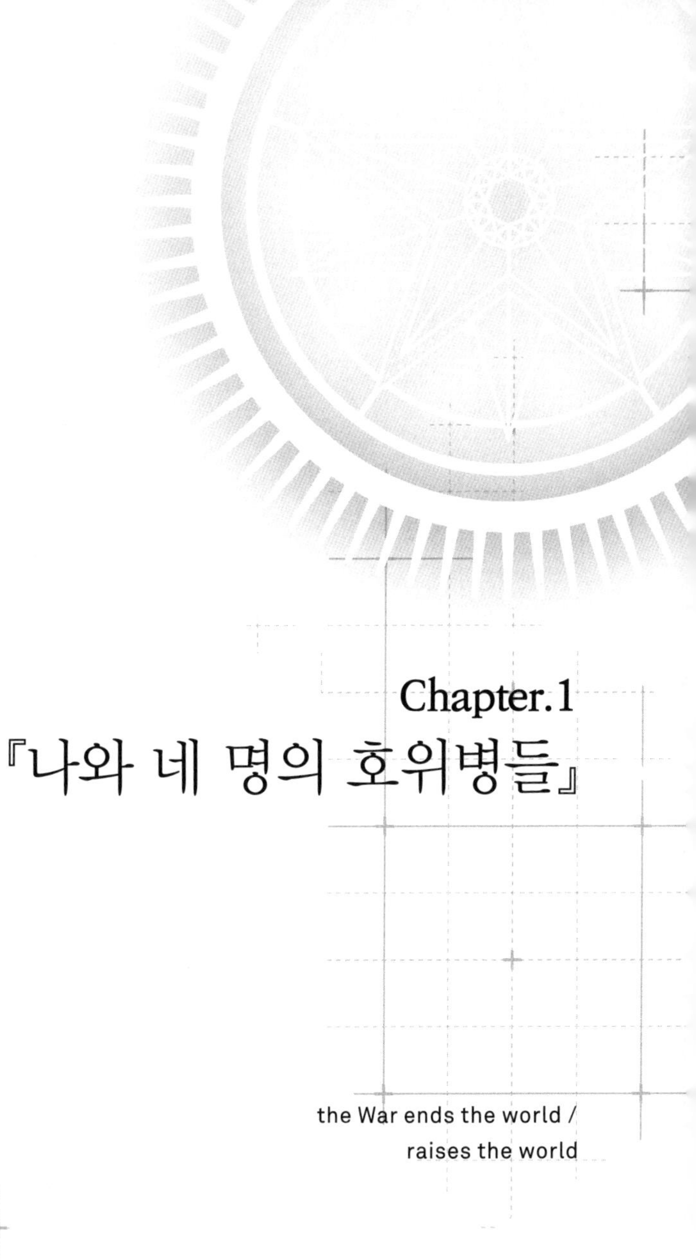

Chapter.1

『나와 네 명의 호위병들』

the War ends the world /
raises the world

1

극동 알트리아 관할구.

제국의 동쪽 끝에 있는 그 도시의 어느 호텔 방에서——.

"저기, 나야. 들어가도 돼?"

『아, 이스카 오빠?! 물론이지, 금방 열어줄게!』

방문 너머에서 네네의 목소리가 들려왔다.

곧이어 발소리가 나더니, 이스카의 눈앞에서 문이 힘차게 열렸다.

"안녕~ 이스카 오빠!"

풍성한 빨간 머리카락을 하나로 묶은 소녀——네네. 이스카와 마찬가지로 제907부대에 소속되어 통신병으로 활약하는 소녀였다.

"자, 어서, 어서 들어와. 대장님도 마침 아침 식사를 하는 중이었어."

"그 사람은?"

"그 애는 소파에서 자고 있어. 아직 못 일어나나 봐."

"……하긴, 그게 당연하지."

네네의 말에 맞장구를 치고 방 안으로 들어갔다.

거실로 스며드는 아침 햇살.

맨 먼저 이스카의 눈에 들어온 건 갓 구운 토스트에 버터를 바르고 있는 여대장의 모습이었다.

"안녕히 주무셨어요? 미스미스 대장님."

"아, 잘 잤어? 이스카 군. 진 군은 아직도 자?"

"벌써 일어나서 호텔 주위를 뛰고 왔어요. 좀 전에 돌아와서 샤워하고 있으니까, 진도 금방 올 거예요."

"오케이~. 그럼 진 군이 오면 아침 회의를 시작하자."

그러면서 미스미스 대장은 고개를 끄덕이더니, 들고 있는 토스트를 덥석 베어 물었다.

"어때요, 식욕은 있어요?"

"나? 나야 평소랑 똑같지. 아침에 토스트 두 개 정도는 거뜬히 해치울 수 있어."

"아…… 그게 아니라. **그 사람** 말이에요."

자기들의 뒤편.

소파에 누워 있는 소녀를 향해 눈짓하면서 이스카가 말했다.

아침 햇빛을 받아 빛나는 불그스름한 금빛 머리카락. 푹 잠들어 있는데도 여전히 그 얼굴은 인형처럼 사랑스러웠다.

시스벨 루 네뷸리스 9세.

제국 병사인 이스카 일행과는 적대관계인 마녀인데, 지금은 예외적으로 저 소녀를 보호해서 황청으로 돌아가게 해준다는 약속을 한 상태였다.

"시스벨의 컨디션은 어때요?"

"아~ 으음, 어제 저녁밥은 안 먹었고……. 네네가 호텔 레스토랑에서 받아온 에너지 드링크 하나를 일단 마시긴 했는데."

"열은요?"

"새벽에 재봤더니 38.7도였대."

"……어젯밤보다 더 심해졌네요?"

시스벨의 머리 위에는 열을 식혀주는 얼음주머니가 있었다.

어젯밤에 갑자기 쓰러지더니 열이 나기 시작했는데, 시스벨이 제국 의사에게 진찰받기 싫다고 하는 바람에 발열의 원인을 이스카 일행이 알아서 추측하는 수밖에 없었다.

"……아마 피로가 쌓인 거겠지."

"저도 그렇게 생각해요. 그 성령 연구소에서 내내 침대에 묶여 있었던 것 같으니까요. 심지어 식사도 전혀 못 했고."

그렇다. 시스벨은 사로잡혀 있었다.

귀중한 성령을 지닌 마녀로서. 켈비나라고 하는 미친 과학자의 아지트로 끌려가서, 소름 끼치는 인체실험의 희생자가 되기 직전이었다.

"내가 원하는 것은 순혈종과 관련된 피험자야. 제국의 힘으로도 그리 쉽게 손에 넣지는 못해."

"너를 놓치지 않을 거야."

먼지와 곰팡이로 가득 찬 밀실.

침대에 묶인 채 꼼짝도 못 하고, 식사도 전혀 없고, 인체실험을 당한다는 공포에 떨고 있었다.

……더구나 시스벨에게 제국이란 곳은 적지였다. 그런 곳에 혼자 붙잡혀 있었으니.

……불안해서 몸도 마음도 완전히 피폐해졌을 것이다.

오히려――.

이 정도로 그쳐서 다행인 걸지도 모른다.

시스벨이 히드라의 자객들에게 납치당했을 때는 최악의 사태까지 각오했었는데, 용케 무사했다.

"…………으음."

잠자는 시스벨이 살짝 몸을 뒤척거렸다.

이스카와 네네와 미스미스 대장이 지켜보는 가운데, 그 사랑스러운 두 눈꺼풀이 천천히 위로 올라갔다.

"…………안녕하세요. 이스카."

"말은 할 수 있어? 괜찮아?"

"머리가 아파요. 그리고…… 이스카의 얼굴이 흔들려서 넷으로 보여요."

"심한 현기증이 나나 보네."

"네. 아주 심한 현기증이에요."

시스벨이 힘없이 쓴웃음을 지었다.

눈가가 발갛게 부어 있었다. 여전히 열이 있나 보다. 우리에게 말을 할 때도 숨이 찬 것처럼 떠듬떠듬 말했다.

"컨디션은 최악이지만……. 그 켈비나라는 여자에게 붙잡혔을 때와 비교하면 제 마음은 훨씬 편안해요. 그 연구소는 정말 최악이었거든요. 팔다리는 침대에 묶여 있고, 방은 온통 곰팡이로 뒤덮여 있어 숨만 쉬어도 기침이 나올 정도였으니까요."

"뭐, 건물 전체를 폐허로 위장했을 정도였으니까."

"폐허 그 자체였습니다. 실제로 꼼짝도 못 하는 저의 목덜미나 손발 위로 거미나 지네가 기어 다녔어요. 차라리 죽여 달라는 심정이었죠."

"으윽……."

"가장 심각한 문제는 화장실이었어요. 사흘 동안이나 움직이지도 못하는 상태로 어떻게 했느냐 하면――."

"아, 알았어. 거기까지만 하자."

계속 이야기하려고 하는 시스벨에게 이스카는 손을 쑥 내밀면서 「STOP」 사인을 보냈다.

"네가 얼마나 고생했는지 충분히 이해했어. 우리가 너무 늦어서 미안해. 그러니까 시스벨, 너도 지금은 얌전히 잤으면 좋겠어. 계속 말을 하면 그만큼 지치잖아?"

"……네, 알았어요."

시스벨은 가벼운 담요를 이불처럼 덮은 채 희미하게 웃었다.

"하지만 걱정하지 마세요. 이건 제 작전이니까요."

"작전?"

"이렇게 계속 동정받으면, 그만큼 여러분이 저를 친절하게 대해주실 테니까요. 안 그래요?"

"…………."

"물론 이스카, 당신도."

"……그런 말을 할 기운은 있는 모양이구나. 다행이네."

그게 이스카의 솔직한 심정이었다.

포로로 잡혔을 때의 공포로 트라우마가 생겨 말도 제대로 못 하는 것보다 이만큼 꿋꿋한 게 훨씬 나으니까. 진심으로 안도했다.

……엉엉 울지도 않았고. 이런 상태인데도 절대로 나약한 말은 한번도 하지 않았다.

……과연 앨리스의 동생이구나 하는 생각이 들었다.

겉모습은 연약하고 쉽게 부서질 것처럼 보이는데도, 내면의 강인함은 그야말로 네뷸리스 황청의 왕녀라고 할 만했다.

"그런데……."

시스벨이 머뭇머뭇 말했다.

"저 때문에 린이 납치됐잖아요. 그것도 하필이면 천제에게."

그 순간――.

분위기가 변했다.

시스벨이 언급한 「천제」란 호칭에 반응하여, 네네와 미스미스 대장이 눈을 크게 떴다.

"제3왕녀 시스벨. 제도에서 이야기할까? 너하고도 관련된 이야기니까."

"기다릴게, 흑강의 후계자."

마천사(魔天使) 켈비나와 싸운 직후.

돌연 나타난 천제 융메룽겐은 린을 인질로 데리고 사라졌다. 그 직전에 그가 자신과 시스벨에게 그런 말을 했었다.

——제도에서 이야기하자.

린의 목숨이 인질이었다.

그럼 순순히 제도로 가면 되는 걸까? 아니, 우리 제907부대도 결코 신변의 안전을 보장받지는 못한다는 것이 고민거리였다.

마녀 공주 시스벨을 호위한다는 행위는, 어떤 사정이 있었어도 제국에 대한 배신이나 마찬가지였으므로.

……제도에 가려면 각오를 해야 한다.

……우리도 시스벨도, 한꺼번에 다 잡혀 처형될 가능성이 있다.

그런데 그때.

"이봐, 보스. 안에 있어?"

은발 청년 진이 까만색 기계를 들고 나타났다.

"어제 우리 방에 보스가 통신기를 놓고 갔어."

"허억?! 아, 맞아. 그거 어디에 뒀는지 몰랐는데. 진 군, 용케 찾았네?"

"아까 엄청 시끄럽게 울어댔거든. 누구의 연락인지는 몰라도."

진이 통신기를 휙 던졌다.

그걸 받은 미스미스가 통신기 화면을 가만히 들여다보더니.

"……어?"

의아한 것처럼 눈을 깜빡거렸다.

"왜 그래? 보스."

"이게 누구지? 메일을 보낸 사람의 주소가 없어. 내가 아는 사람도 아니고, 사령부에서 보낸 것도 아니야. 네네야, 넌 알아?"

"응, 잠깐만. 이리 줘봐. 대장님."

네네가 통신기를 들었다.

"이건 주소 미표시 설정이 되어 있는 거네."

"응? 그런 기능이 있었어? 하지만 이건 제국군 공통 장비잖아?"

발신처를 숨긴다.

제국군 통신기에 그런 기능은 필요 없을 것이다. 통신 상대가 누구이고 소속은 어디인지, 계급은 무엇인지, 모든 것이 표시되게끔 되어 있었다.

"이봐, 보스. 당장 내용을 확인해봐."

"……으, 응. 좀 무섭지만."

미스미스 대장이 통신기를 조작하더니.

"앗?!"

놀라움을 금치 못하고 큰 소리를 냈다.

"자, 잠깐만, 이건?! 얘들아, 이거 좀 봐! 이스카 군, 진 군, 네네야!"

미스미스가 손에 쥐고 있는 통신기.

부르르 떨리는 화면을 본 순간, 이스카는 무의식중에 놀라서 숨을 들이켰다. 그 화면에 표시된 글은――――.

『흙의 마녀와 놀고 있으니까 천천히 와도 돼.』

단 한 문장.

미스미스 대장이 말했던 것처럼 발신자 주소는 표시되어 있지 않았다. 그 이유를 이제야 알았다.

표시할 필요가 없기 때문이다.

“이거…….”

네네가 꿀꺽 마른침을 삼켰다.

“천제 폐하…… 맞지……? 이 흙의 마녀는 린 씨고…….”

“저, 저에게도 보여주세요!”

시스벨이 소파에서 벌떡 일어났다.

비틀비틀 쓰러질 것 같으면서도 다가와서 미스미스 대장의 통신기를 들여다봤다.

“……뻔뻔하군요. 린을 인질로 잡았다는 사실을 또다시 통지하다니.”

“글쎄, 그런가?”

“네?”

시스벨이 돌아봤다.

등 뒤에 있는 진을.

"그, 그게 무슨 뜻이죠……?"

"나는 이 문장을 있는 그대로 해석했어. 즉, 천제가 이렇게 보냈다면 우리는 당황할 필요가 없다는 거지. 왜냐하면 린의 생명은 보장된 거니까. 만약 처형할 계획이라면 '빨리 오지 않으면 흙의 마녀를 처형하겠다'라고 적어 보냈을 거야. 안 그래?"

"……그, 그렇군요."

시스벨이 미간을 찌푸리고 생각에 잠겼다.

"인질을 잡은 사람이 '천천히 오라'고 말하는 경우는, 저는 책에서나 현실에서나 한 번도 들어보지 못했어요. 그런데 왜 그렇게 태평한 짓을……."

"그걸 누가 알겠어? 물론 이 '놀고 있다'라는 표현은 좀 위험하게 느껴지긴 하지만. 이스카, 네 생각은 어때?"

"────."

진의 질문에 나는 천천히 숨을 뱉었다.

"나도…… 굉장히 고민스럽지만, 그래도 진의 의견과 비슷해. 이 글의 의도는 우리를 당황하게 만들려는 게 아닌 것 같아. 오히려 시스벨의 컨디션을 배려해주는 게 아닐까. 천천히 오라는 것을 보면."

"저, 저의 컨디션을요?!"

"타이밍을 보면 그렇게 생각하는 것이 자연스럽잖아? 엉뚱한 발상이지만."

시스벨은 고열로 쓰러져 꼼짝 못 하고 있었다.

하지만 린을 구하려면 서둘러 제도로 가야 한다. 그런 딜레마 때문에 고민하고 있었는데, 그때 이런 메일이 온 것이다.

"……이해하기 어렵군요."

시스벨이 크게 탄식했다.

방금까지 누워 있던 소파에 걸터앉으면서 말했다.

"제국인이 마녀를 붙잡는다는 것은 당연히 처형하거나 인질로 삼기 위해서잖아요? 실제로 켈비나라는 여자에게 저는 농락당하기 직전이었고요. 그런데 어째서 천제가 저를 배려해주는 거죠? 천제는 마녀를 박해하는 나라의 우두머리잖아요?!"

"……그건 우리도 모르겠어."

흥분한 말투로 시스벨이 이야기하자, 이스카는 고개를 절레절레 흔들었다.

"우리는 그저 제국군의 한 부대에 불과해. 제국의 기밀정보 같은 것은 하나도 알 수 없는 입장이야. 그래서 천제의 정체도 **설마 그런 것일 줄은**, 꿈에도 몰랐어."

여우와 같은 털을 지닌 수인.

그런 모습으로 제도에서 어슬렁어슬렁 돌아다닌다면, 당장 제국군 순찰 부대가 달려와서 한바탕 난리가 날 것이다.

"평소에 제국 TV에 나오는 천제는 늘 수염을 기른 중년 남성이었어. 제국 국민들은 누구나 그것을 믿어 의심치 않아. 내가 사도성으로 승격됐을 때도, 천제는 커다란 발 너머에 숨어서 자기 모습을 보여주지 않았어. 목소리만 들렸지."

"목소리는, 그때 그 목소리였나요?"

"아니, 전혀 달랐어. 남자의 쉰 목소리였지. 지금 생각해 보면 인공 음성이었을 거야."

어떤 모습인지조차 몰랐다.

그런 진짜 천제가 무슨 생각을 하고 있는지는, 상상도 할 수 없었다.

"……더더욱 이해가 안 가네요. 제국 병사인 당신들조차 모르는 천제라니."

"알고 싶다면 저절로 알게 될 거야. 단, 그러려면 제도에 가야 하지만."

시스벨의 혼잣말에 가까운 중얼거림.

눈치 빠르게 그걸 알아듣고 대꾸한 사람은 진이었다.

"그러는 너는 어떤데?"

"……네?"

"마침 잘됐어. 여기서 확실하게 밝혀보자."

진은 벽 근처에 선 채, 소파에 앉아 있는 시스벨을 보면서 담담하게 말을 이었다.

"네 정체 말이야."

"뭐, 뭐라고요?"

시스벨이 어리둥절하여 눈을 깜빡거렸다.

그 사랑스러운 소녀를 내려다보는 진의 눈빛은 평소와 똑같았다.
"어제. 그 켈비나라는 여자가 너를 『시스벨 왕녀』라고 불렀다. 우리 눈앞에서."
"! 그, 그건……!"
"또 천제도 그랬지. 제3왕녀 시스벨이라고 불렀어. 안 그래?"
"…………."
불그스름한 금발 머리 소녀는 말문이 막혀버렸다.
그렇다.
독립국가 알사미라에서 만났을 때부터 지금, 이 순간까지 시스벨은 자신의 신분을 철저히 「**왕족의 시종**」이라고만 했었다.
그런데 그게 거짓이란 것이 밝혀졌다.
네뷸리스 황청의 왕녀라는 사실이, 도저히 발뺌할 수 없는 형태로 드러난 것이다.
"……윽."
제3왕녀 시스벨은 말없이 입술을 깨물었다.
신분 사칭.
평범한 시종의 호위 임무인 줄 알았는데, 알고 보니 왕녀의 호위였다.
진이나 네네의 입장에서는 이것은 중대한 계약 위반이었다.
"……이스카 군! 어쩌지……?"
등 뒤에서 미스미스 대장이 슬그머니 귓속말했다.
"……이런 일이 생기다니."

"……완전히 예상외의 사태네요."

다행히 네네와 진은 정신이 온통 시스벨에게 집중되어 있었다.

이스카는 그 두 사람에게 들키지 않도록 살짝 고개를 끄덕였다.

……시스벨의 정체는 가르쳐주지 말자. 그렇게 판단한 것은 나와 대장님이었다.

……그걸 가르쳐줬다간 두 사람까지 말려들게 될 테니까.

자신은 시스벨의 정체를 진과 네네에게는 가르쳐주지 않았다.

바로 지금과 같은 사태를 두려워했기 때문이다.

호위하던 대상이 마녀 공주란 사실이 발각된다면, 그때는 자신과 대장님은 처벌을 받을 것이다.

그러나 진과 네네는 그 사실을 '몰랐기' 때문에, 사령부의 징벌도 그만큼 가벼워질 것이다. 그래서 가르쳐주지 않는 것이 낫겠다고 판단한 것이다.

……그걸로 잘 해결될 거라고 믿었다.

……시스벨을 탈환할 때까지는. 진과 네네는 시스벨의 정체를 몰랐다.

그런데 설마 천제의 입에서 그 이야기가 나올 줄이야. 시스벨 본인도 전혀 상상하지 못했던, 완벽한 예상외의 사태였다.

"우리는 너를 호위하는 일을 맡았다. 그러나 네뷸리스 왕가의 시종과 왕녀는 난이도가 전혀 달라. 호위의 의미 자체가 달라지니까."

침묵하는 시스벨을 내려다보는 진.

"적어도 공정한 것은 아니다. 그렇지?"

"…………만약에, 그렇다면……."

시스벨은 무릎 위에 올려놓은 두 주먹을 꽉 쥐었다.

열이 나서 붉어진 뺨.

심하게 흔들리는 두 눈동자로 진을 쳐다보더니.

"……그렇다면, 어쩌실 건가요……? 물론 진실을 이야기하지 않았던 것은 저의 위반 행위입니다. 그럼 그걸 이유로 호위 약속도 파기할 겁니까?"

"————."

"……제가 황청의…… 증오스러운 마녀 공주란 사실을 알게 돼서, 경멸할 건가요……?!"

갈라진 외침 소리.

숨을 쥐어짜는 것처럼 토해낸 소녀의 목소리가 거실에 울려 퍼졌다.

"말씀해주세요. 마녀 공주라는 것이 밝혀진 저를, 대체 어떻게 하고 싶으신지!"

"아니, 그보다도."

진은 시스벨의 더없이 진지한 표정을 내려다보면서 어처구니없다는 듯이 김빠진 말투로 말했다.

"너 말이야. 정말 정체를 들키지 않았다고 생각했냐?"

"…………."

"처음부터 다 들켰어."

"……………………네?"

시스벨이 얼빠진 얼굴로 입을 헤벌렸다.

"저, 저기요, 네?"

"너처럼 거만한 말투로 말하는 시종이 어디 있냐?"

"그 슈바르츠라는 할아버지도 당신을 『아가씨』라고 공손하게 불렀었고."

진에 이어서 네네가 말했다.

"아까 진 오빠하고도 이야기했는데. 사실 우리는 이 호위 임무가 끝날 때까지 쭉 모르는 척해도 됐었어. 하지만 천제 폐하가 『시스벨 왕녀』라고 말해버렸잖아. 이 상황에서 우리가 그걸 물어보지 않는다면, 그게 오히려 부자연스럽지 않아?"

"……그, 그건……."

시스벨이 우물거렸다.

"……하, 하긴, 듣고 보니……."

"자, 이해했지? 처음부터 다 아는 사실이었던 거야. 단지 확신만 없었을 뿐."

진이 진지한 얼굴로 팔짱을 꼈다.

"확신이 없으니 굳이 물어볼 생각도 없었지만, 천제가 너를 보고 그렇게 말했으니까. 우리도 추궁하지 않을 수 없어. 물어보지 않는 것이 오히려 이상하니까."

"아, 알았어요! 그러면——."

시스벨은 소파에서 벌떡 일어났다.

고열에도 굴하지 않고 똑바로 일어서더니, 자기 가슴에 손을 댔다. 언니인 앨리스가 뭔가를 선언할 때와 완전히 똑같은 자세였다.

"여기까지 온 이상, 우리는 이미 일심동체, 아니, 운명 공동체입니다! 고로 저도 신뢰의 증거로서 제 신분을 밝히겠습니다. 제가 바로——."

"그럴 필요 없어."

"뭐라고요옷?!"

진이 가차 없이 대꾸하자, 시스벨이 온 힘을 다해 외쳤다.

"제가 황청의 왕녀라는 사실을 일부러 저한테 말했으면서, 대체 왜 그러는 거예요?!"

"뭐든지 상관없으니까, 사칭을 했다는 것만 인정하면 돼."

"……뭐라고요?! 잠깐만, 어디 가는 거예요?!"

"방으로 돌아갈 거다. 야, 이스카. 가자."

진이 벽에서 몸을 떼고 일어났다.

시스벨에게 등을 보이더니, 아무런 관심도 없다는 듯이 방 밖으로 나가버렸다.

"의뢰인의 사생활은 궁금하지 않아."

"내 신분을 밝히게 해줘요————————!"

2

마녀의 낙원『네뷸리스 황청』.

중앙주에 우뚝 서 있는 왕궁은「별의 요새」라는 통칭으로 알려져 있었다.

그곳의 어딘가에 있는 왕녀의 개인실에서.

"……도대체 무슨 일이 생긴 거야?"

앨리스는 책상에 기대어 턱을 괸 채, 손안에 있는 소형 모니터를 쏘아보고 있었다.

앨리스리제 루 네뷸리스 9세.

여왕의 피를 이어받은 세 자매 중 차녀이자, 제국에서는 무서운「빙화의 마녀」라고 불리는 최강 클래스의 성령술사였다.

그런 앨리스의 눈가는 깊은 시름으로 그늘져 있었다.

앨리스는 전장에서도 보여준 적 없는 어두운 표정과 우울한 목소리로 모니터를 향해 질문을 던졌다.

――대답은 없었다.

대답을 해야 할 사람에게서, 아무리 시간이 지나도 연락이 안 오는 것이었다.

"린, 어떻게 된 거야? 네가 금방 연락할 거라고 했잖아……!"

시종의 연락 두절.

앨리스가 그 이상함을 눈치챈 것은 어젯밤이었다.

"시스벨 님이 붙잡혀 있는 곳을 알아냈습니다. 폐가로 위장한 시설입니다."

"돌입하겠습니다."

제3왕녀 시스벨은 앨리스의 여동생이었다.

그런 시스벨을 구출하러 가겠다고 선언한 린의 연락이 두절됐다. 이 상황에서 떠오르는 것은 불길한 예감밖에 없었다.

……구출 실패? 설마 린까지 붙잡힌 건가. 아니, 그냥 붙잡힌 게 아니라…….

……구속되어 고문을 당하고 있는 게 아닐까.

"아, 아냐! 린의 곁에는 이스카가 있잖아?!"

제국 검사 이스카는 앨리스의 가장 강력한 라이벌이었다.

그를 제일 잘 아는 사람은 나라고 자부하고 있었다. 입장상 서로 적이긴 해도, 그가 나와의 약속을 저버린다는 것은 상상도 할 수 없었다.

……린은 항상 이스카와 함께 있었을 것이다.

……그럼 설마 둘이서 동시에 구출에 실패한 건가?!

믿을 수 없는 일이었다.

하지만 그런 가설이 아니면, 린이 하룻밤 내내 연락하지 않았다는 이 현실을 설명하는 것은 불가능했다.

어쩌지?

어머니께 이 이변을 한시라도 빨리 알리고 상의해야 하나?

……아니야. 아직 린이 실패했다는 확증은 없어!

……조급해하면 안 돼. 어마마마께 보고를 하더라도, 아직 아

무것도 아는 것이 없잖아.

린 측의 통신기가 고장 났을지도 몰라.

오늘 하루는 계속 기다려보자. 앨리스가 속으로 그렇게 다짐했는데, 바로 그 순간.

통신기의 램프가 반짝거렸다.

"앗?! 연락이 왔다!"

양손으로 통신기를 붙잡았다.

앨리스는 몸을 앞으로 쑥 내밀면서 통신기에 얼굴을 최대한 가까이 댔다.

"린! 린, 맞지?!"

『————————.』

"린?"

『아, 연결됐군요. 오랜만입니다. 언니.』

"……어?"

제 귀를 의심했다.

그쪽에서 전해져온 것은 린의 목소리가 아니라――.

"자, 잠깐만. 너 설마, 시스벨이야?!"

『참고로 어떻게 린의 통신기의 잠금을 해제했느냐고 물어보신다면, 제 등불의 성령으로 린이 잠금을 해제할 때의――.』

"그게 중요한 게 아니거든?! 저, 저기……."

천만뜻밖의 사태라서 말이 잘 안 나왔다.

납치됐던 여동생이 린의 통신기로 나에게 연락하다니?

너무 황당해서 머리가 정상적으로 작동하지 않았는데, 아무튼 린과 이스카는 무사히 시스벨을 구출하는 데 성공한 듯했다.

"시스벨. 우선 이것부터 물어볼게. 너 무사한 거지?"

『네, 저는 해방됐어요. 며칠이나 구속되어 있어서 아직은 몸이 좀 피곤하지만, 이제야 겨우 해열제의 효과도 나타나는 것 같아요.』

"…………그렇구나."

저도 모르게 가슴을 쓸어내렸다.

이 낭보를 한시라도 빨리 어머니에게도 전해야겠다.

어머니에게 이 사건은 단순히 딸의 목숨만 걸린 것이 아니었다. 시스벨의 생환은 루 가문의 궁지를 타개하는 역전의 수단이 될 것이다.

……히드라의 음모를 전부 폭로하는 거야.

……시스벨의 등불의 성령이 있으면, 당주 탈리스만도 변명 따윈 하지도 못할 거야.

여왕 암살을 기도한 히드라 가문.

그 음모를 아는 사람은 앨리스와 여왕을 비롯한 극소수의 사람들밖에 없었다.

절대적인 증거가 없어서 앨리스도 그동안 꾹 참았는데, 시스벨의 능력이 있으면 확실한 증거를 영상으로 「재현」할 수 있을 것이다.

"어쨌든 무사해서 다행이야, 시스벨. 당장 제국을 탈출해서 황청으로 돌아오렴. 너에게 부탁할 것이 아주 많아!"

『네, 바로 그 문제 말인데요.』

"응?"

『오늘은 언니에게 좋은 소식과 나쁜 소식을 알려드릴 거예요.』

"……그게 뭐지?"

『무엇부터 먼저 들으실래요?』

한동안 말없이 생각에 잠겼다.

종종 가신이 비슷한 질문을 하기도 하는데, 이런 말을 들었을 때 앨리스가 해주는 대답은 늘 똑같았다.

"나쁜 소식부터 가르쳐줘."

『좋은 소식부터 이야기할게요.』

"방금 우리의 대화는 대체 뭐였던 거야?!"

『좋은 소식은 제가 구출되었다는 것입니다.』

"……그건 알아."

이미 눈치챘다. 예상은 했다.

그런 상황에서 앨리스가 듣고 싶었던 것은 오히려 후자였다.

"나쁜 소식은 뭔데. 제국에서 돌아오려면 며칠은 걸린다는 거야? 그 정도는 괜찮아."

『린이 붙잡혔습니다.』

"……뭐?"

『그것도 천제에게. 황청의 가장 큰 적인 그 천제 말이에요.』

"……."

얼어붙었다.

제 귀를 의심하는 정도가 아니었다. 내가 꿈을 꾸고 있나? 하고 무심코 자기 뺨을 꼬집어봤을 정도였다.

뺨이 아팠다.

이것은 부정할 수 없는 현실이었다.

"시스벨?! 도, 도대체 뭐가 어떻게 된 건지, 처음부터 끝까지 자세히 설명을——."

『하지만 걱정하지 마세요. 언니.』

통신기에서 들려온 것은 이상하게도 의기양양한 여동생의 밝은 목소리였다.

『린은 제가 꼭 구출할 거예요!』

"무슨 수로?!"

『저와 유쾌한 네 명의 호위병들의 힘으로.』

"점점 더 이해가 안 가는데?! 애초에 어쩌다가 천제 같은 거물이 등장했는지———."

『어마마마께도 그렇게 전해주세요.』

"뭘 어떻게 설명하라는 거야?! 자, 잠깐, 기다려봐!"

뚝 하고.

일방적으로 연락이 끊어진 통신기를 잠시 내려다보다가.

"……어휴, 저 애는 진짜……."

앨리스는 머리를 싸쥐었다.

3

한밤중의 제국.

극동 알트리아 관할구의 도시는 조용히 잠들어 있었다. 이스카 일행이 머물고 있는 호텔도 대부분의 방의 불이 꺼져 있었다.

그 야심한 시각에.

"……후후."

혼자 몰래 웃음을 삼키면서, 시스벨은 소파에서 몸을 일으켰다.

어두컴컴한 거실.

방 안쪽에서 자는 네네와 미스미스 대장이 일어나지 않도록, 자세를 낮춰 바닥을 기다시피 하면서 천천히 앞으로 나아갔다.

문을 열고 호텔 복도로 나갔다.

"……내가 생각해도 참 완벽해요. 이 한밤중의 친애 계획!"

목표는 호텔의 옆방.

즉, 이스카가 잠들어 있는 방이었다.

낮에 미리 훔쳐놨던 방 열쇠를 움켜쥐고 복도를 따라 옆방으로 이동했다.

찰칵.

자물쇠 열리는 소리가 가볍게 나면서 그 문이 열렸다. 여기까지 왔으니 계획은 거의 성공한 것이나 마찬가지였다. 이제 이스카가 잠들어 있는 침실로 숨어들기만 하면 된다.

……저는 오늘 낮까지 쭉 고열에 시달리고 있었어요.

……그것을 역이용해서, 이 한밤중에 이스카와 좀 더 가까워질 거예요!

자신에게는 호위병이 필요했다.

제도에 가야 하니까. 앞으로 무슨 일이 일어날지 모른다. 자신을 기다리는 사람은 그 무서운 천제 융메룽겐이었다.

그러므로――.

지금 자신에게 필요한 것은, 호위병과의 친밀도를 더욱 높이는 것이었다.

"요컨대 이스카, 당신과의 관계를 발전시키는 거예요!"

계획 1단계, "아직도 몸이 안 좋아서……"라고 하면서 이스카의 침대에 침입한다.

계획 2단계, "불안해서 잠이 안 와요……"라면서 이스카 옆에 은근슬쩍 달라붙는다.

서로의 체온이 느껴질 정도로 가깝게.

두 사람은 어색하게 살을 맞대다가도, 이윽고 편안히 잠들 것이다.

"이 제3왕녀 시스벨이 이성에게 이토록 친밀한 관계를 허락하다니. 이 정도면 틀림없는 신뢰의 증거입니다. 알았어요, 이스카?"

그래서 일부러 잠옷을 입고 왔다.

천 자체도 얇은 것을 골랐으므로, 졸려서 정신없는 척하면서 이스카에게 안긴다면 그는 내 체온을 느낄 수 있을 것이다.

어쩌면 이 가슴의 고동까지 전해질지도 모르고.

……이스카, 들려요? 두근거리는 제 심장 소리가.

……아니, 아무리 그래도 그건 좀 심했나?

시스벨은 자타가 공인하는 독서가였다.

이 야심한 시각에 다 큰 처녀가 남자를 찾아간다는 것은 당연히 오해를 살 만한 행위라는 것도, 연애소설을 통해 충분히 학습했다.

물론 어머니에게는 말하지도 못할 것이다. 들키기도 싫었다.

"하지만 그게 아니에요. 어마마마. 이것은 결코 파렴치한 행위가 아닙니다."

남녀 사이의 그렇고 그런 것이 아니었다.

오히려 절대로 그런 일이 생기지 않으리란 것을 알기 때문에 결심한 것이었다.

……이스카도 다 큰 남성이다.

……하지만 그는 나에게 억지로 난폭한 짓을 할 사람이 아니니까.

그래서 과감하게 접근할 수 있는 것이다.

그래서 이런 한밤중에도 그의 침실에 몰래 숨어 들어갈 수 있는 것이다.

그저 순수하게 「안심」을 하고 싶었다.

자신이 그에게 가까이 다가가면 그가 얼굴을 붉힌다. 단지 그것으로 족했다. 더 이상 나아갈 생각은 없었다.

"…………."

옆방 복도에서 잠시 생각에 잠겼다.

그러고 보니 이 방에는 이스카뿐만 아니라 저격수 진도 같이 있을 것이다. 진도 이스카와 마찬가지로 지금쯤 푹 잠들었을 것이다.

"마침 잘됐네요."

장난스러운 미소가 흘러나왔다.

은근히 가슴이 두근거렸다. 그렇게 시스벨은 어두컴컴한 복도에서 다시 걸음을 뗐다.

"이왕 침실에 숨어드는 거니까. 그 애교 없는 인간의 잠자는 얼굴도 한번 구경해드리죠. 낮에는 그렇게 쌀쌀맞은 표정을 짓고 있어도, 적어도 잠잘 때는 귀여운 얼굴일 테죠? 후후, 남자들의 하렘이란 것도 꽤 괜찮──………… 꺄아악?!"

털썩.

살금살금 앞으로 내밀던 발이 뭔가에 걸리는 바람에, 시스벨은 요란하게 넘어졌다.

이스카와 진의 침실은 바로 코앞에 있었다.

그런데 도대체 뭐에 걸려 넘어진 거지?

시스벨은 자세히 보려고 눈에 힘을 줬다. 그때 아주 가느다란 실 같은 것이 반짝 빛났다.

"앗?!"

경악의 한마디가 목구멍에서 새어나왔다.

"이건, 강철 와이어?! 어, 어째서 이렇게 바닥에 닿을 듯한 위치에, 와이어가……?!"
"""——후후후."""
"꺄악?!"
등 뒤에서 돌연 인기척이 느껴졌다.
그것을 감지했을 때는 이미 늦었다. 상대가 자신의 양어깨를 콱 움켜쥐자, 시스벨은 조그맣게 비명을 질렀다.
"서, 설마?!"
"……하하, 역시. 이럴 줄 알았어."
"저기~ 대장님. 이스카 오빠와 진 오빠의 침실 앞에 함정을 설치해두길 잘했지?"
"다, 당신들 뭐예요?! 자는 거 아니었어요?!"
어느새 나타난 걸까.
시스벨의 등 뒤에 서 있는 것은, 옆방에서 쿨쿨 자고 있어야 할 네네와 미스미스 대장이었다.
둘 다 예쁜 잠옷 차림……이었지만, 두 사람의 입가에는 위협적인 미소가 떠올라 있었다. 시스벨의 표정이 저절로 굳어질 정도로 무서운 미소였다.
"후후후. 시스벨 씨? 어디 가려고 했어? 여기는 이스카 오빠와 진 오빠의 침실 앞인데?"
어두컴컴한 암흑 속에서 번뜩이는 네네의 두 눈동자.
양손에는 의문의 밧줄을 들고 있었다.
"이 방 열쇠. 아까 낮에 몰래 내 가방 속에서 꺼내 갔지?"

가까이 다가오는 미스미스 대장.

이 사람도 또 양손에 수갑을 들고 있었다.

"더는 못 도망가. 알지?"

"옆방으로 돌아가서 우리와 잠~깐만 이야기를 나눠볼까? 육식 아기 고양이에게 이 세상의 상식을 좀 알려주고 싶은데."

"자, 잠깐만요?! 이건…… 그런 게 아니거든요?!"

슬금슬금 접근하는 두 사람을 향해 다급히 손을 흔들었다.

"저, 저는 그저…… 아, 아주 조금, 친밀한 스킨십을 하고 싶었을 뿐이에요. 파렴치한 짓을 하려고 한 게———."

"처형 확정."

"자, 돌아갈까? 시스벨 씨."

"꺄아아아아악?! 꾸, 꿈의 하렘이 코앞에 있었는데……!"

침실까지 남은 거리는 약 2m.

목적지를 눈앞에 두고 시스벨은 수갑과 밧줄로 온몸이 꽁꽁 묶인 채 옆방으로 끌려가고 말았다.

4

다음 날 아침.

"…………후유."

"어? 시스벨, 괜찮아? 아직도 컨디션이 안 좋아 보이는데."

로비에 서 있는 이스카 곁으로 누군가가 다가왔다. 얼굴이 창백해진 시스벨이었다.

어쩐지 어젯밤보다 더 핼쑥해 보였다.

"……엄청난 일을 당했어요."

"응? 뭔데?"

"……설마 밤새도록 설교를 당할 줄은 몰랐어요. 저는 어머님한테도 이 정도로 오래 혼나본 적은 없었는데."

"?"

"……아뇨, 그냥 혼잣말이었어요."

시스벨은 피곤한 것처럼 로비의 대기석에 털썩 앉았다.

이스카가 보기에는 안색은 좋지 않았지만, 어제보다 발걸음은 가벼워 보였다. 뺨의 붉은빛도 사라졌으니까 해열제도 효과가 있는 것 같았다.

"혹시 몰라서 물어보는 건데, 오늘 출발해도 되는 거지?"

"물론이죠."

의자에 기대어 앉은 시스벨이 의외로 기운차게 고개를 들었다.

"그 천제란 사람이 저를 지명했잖아요. 여기서 괜히 꾸물거리다가 겁먹었다는 오해를 받으면, 황청의 명예가 실추될 겁니다."

"앗, 이스카 오빠, 여기 있었구나!"

"오래 기다렸지~?"

네네와 미스미스 대장이 엘리베이터에서 나왔다.

이어서 짐을 든 진도 나타났다.

"보스, 제도로 가는 기차표는?"

"어, 아직. 예약은 안 했어. 역에 가서 사려고."
"그럼 서두르자. 이런 시골에서는 제도로 가는 특급 열차 편수가 적으니까. 한 대만 놓쳐도 다음 열차가 올 때까지 적어도 몇 시간은 기다려야 할 거야."
진이 짐을 들고 호텔 현관으로 걸어갔다.
"하기야 다섯 명의 기차표라면 그렇게 걱정할 필요도 없을 테지만."

"——잠깐만. 기차표는 여섯 명분이 필요하거든?"

현관문이 열렸다.
거기서 기다리고 있던 인물을 본 순간, 선두에 선 진은 물론이고 이스카조차도 반사적으로 멈춰 섰다.
"……리샤 씨?"
"안녕~ 이스캇치. 미스미스도, 네네땅도 안녕?"
리샤 인 엠파이어.
쾌활하게 웃으면서 손을 흔드는 그 인물은 천제의 참모인 사도성이었다.
"안녕하세요? 왕녀님."
"……당신은?!"
시스벨이 흠칫하여 뒤로 물러났다.
리샤. 그녀가 바로 천제와 함께 린을 납치한 장본인 중 하나였다. 시스벨에게는 그저 증오스러운 제국인일 것이다.

"이게 어떻게 된 거죠?! 당신은 린을 데리고 천제와 함께——."

"아~ 잠깐만요, 시스벨 왕녀님."

리샤가 입술에 손을 댔다.

쉿 하고 제지하는 시늉을 하면서 말을 이었다.

"여기는 제국령. 호텔 로비에도, 보세요. 저기 경비가 있잖아요? 황청 사람인 당신이 소란을 피우면 좀 불리해질 것 같은데?"

"……크읏!"

"안 좋은 이야기를 하러 온 것은 아니에요. 알았지? 미스미스."

"으응?"

리샤가 예고도 없이 지목하자, 미스미스 대장은 당황하여 고개를 번쩍 들었다.

"저, 저기, 리샤야, 대체 무슨 일이야?! 제도에서 기다릴 거라고 하지 않았어……?"

"난 수행원이야."

쿡쿡 웃으면서 리샤가 안경을 벗었다.

그 경첩에 손가락을 걸고 안경을 빙글빙글 돌리면서, 우리 제907부대와 시스벨을 차례차례 둘러보더니.

"천제 폐하의 지시야. 너희들을 제도까지 에스코트해주라는 거지."

사도성 제5위는 그렇게 선언했다.

Intermission
『린의 크나큰 오산』

the War ends the world /
raises the world

천수부.

제도의 가장 깊숙한 곳에 조용히 자리 잡은 사중 탑. 그 최상부에 있는, 골풀이라는 식물의 냄새로 가득 찬 공간에서——.

"왜 그래? 마녀야. 상당히 안색이 나빠 보이는데."

"……크윽……!"

천제 융메룽겐의 속삭이는 듯한 웃음소리.

이쪽을 얕보는 그 음성에 반론할 기운조차 없었다. 린은 무릎을 꿇고 거칠게 헉헉거리면서 어깨를 들썩이고 있었다.

"……이럴…… 수가……."

입술을 깨무는 린.

그 이마에서는 끊임없이 땀방울이 흘러내려 턱에 맺혔다 떨어졌다.

"……네 이놈……, 이렇게 강할 줄이야……!"

"맥이 빠진다. 마녀야."

은색 꼬리를 살랑거리는 수인의 차가운 음성.

그리고 탄식.

실망이라는 멸시의 감정을 숨김없이 드러내면서 그는 손을 힘차게 아래로 휘둘렀다.

"자비를 베풀 가치조차 없어. 이제 그만 끝내주마."

"윽! 자, 잠깐——."

"장군이다."

"으아아아아아아아앗!"

털썩 엎어지는 린.

그런 린의 눈앞에는 전기(戰棋)라고 불리는 보드게임 판이 놓여 있었다.

"승부가 났군."

린 측의 진영에 있었던「왕」의 말. 천제는 날카로운 손톱으로 그것을 뒤집었다.

"자, 멜른이 이겼어. 이걸로 17연승인가? 좀 더 끈질기게 버텨주면 좋겠는데."

"윽, 아냐, 아직 안 끝났어!"

린은 벌떡 일어났다.

판 위에 있는 말들을 확 움켜쥐더니, 일일이 초기 위치에 돌려놓았다.

"다시 한 판 하자, 다시!"

"오~? 생각보다 끈기가 있구나, 마녀야. 그러나 실력 차이는 압도적이야. 아무런 대책도 없이 멜른을 이기진 못할 거야."

"웃기지 마. 다음에는 꼭 네놈의 우는 얼굴을…… 아, 아니, 그게 아니라!"

린이 온 힘을 다해 다다미를 콱 밟았다.

"나도 모르게 분위기에 휩쓸려버렸는데, 이게 도대체 뭐 하는 짓이냐?!"

"응?"

"나와 너의 결투. 그걸 하려는 것이 아니었나?!"

린이 뭔가를 가리켰다. 바닥에 굴러다니는 자신의 나이프였다.

몇 시간 전에 나이프를 힘차게 뽑아 든 것까진 좋았는데, 결국 그것을 쓸 기회가 전혀 없어서 그냥 내버려 두고 있었다.

"'온 힘을 다해 덤벼도 된다'라고 하더니, 이게 어떻게 된 거냐? 나에게는 필사적인 대결이라고. 너를 이기면 제도에서 무조건 해방시켜준다고, 네가 그렇게 말했잖아!"

"물론 이 보드게임으로 싸우자는 거였지."

"너무 헷갈리게 하는 거 아냐?!"

"뭐야. 설마 멜른과의 『싸움』이 치고받는 건 줄 알았어?"

은색 수인이 나이프를 집어 들었다.

황청에서 만들어진 칼날을 자세히 관찰하는 것처럼 들여다보면서 말했다.

"안타깝게도 멜른의 호위병들은 전부 다 자리를 비웠거든. 너와 결투할 만한 상황이 아니야."

"…………."

그 한마디에.

아주 살짝 린의 눈매가 가늘고 날카롭게 변했다.

"……이봐, 괴물. 네가 말하는 그 호위병이란 것은 사도성인가?"

"그렇지. 황청을 습격했을 때 부상당했거든."

"!"

다다미를 박살 낼 기세로 린은 맹렬하게 바닥을 박찼다.

천제 융메룽겐에게 곧장 달려들어서.

그의 목에 방금 뽑은 새 나이프의 칼끝을 들이댔다.

"스스로 알긴 아나 보군……. 그래, 네놈이 그 제국군을 우리나라에 보낸 적의 우두머리잖아! 그 전투 때문에 얼마나 많은 동포가 다쳤는지 알아? 심지어 우리 여왕님까지!"

"————."

"뭐 해? 할 말 있으면 해봐!"

"그건 멜른이 원한 것이 아니었어."

"……뭐라고?!"

들이댄 칼끝이 부르르 떨렸다.

"시치미 떼지 마! 너 말고 누가 사도성에게 명령을 내릴 수 있다는 거야?!"

"팔대사도."

"?"

"하긴. 말해봤자 모르겠지. 너는."

자칭 천제라는 수인이 늘어지게 하품을 했다.

목에 칼이 들어온 상황임에도 불구하고.

"팔대사도는 무대 위로 올라오지 않아. 황청 측이 모르는 게 당연하지.”

“……무슨 소리를 하는 거냐.”

“금방 알게 될 거야.”

그러더니 벌러덩 다다미 위에 누웠다.

너무나 무방비했다. 적의가 전혀 느껴지지 않는 그 태도에, 오히려 나이프를 들이댄 린이 어안이 벙벙해질 정도였다.

“너를 인질로 삼은 것도 그것 때문이야. 이제 곧 제3왕녀 시스벨이 이곳으로 올 거야. 그 마녀의 능력이 있으면 모든 것을 해명할 수 있을 테지.”

“뭐? ……그게 무슨 뜻이냐.”

천제의 말을 들은 린은 무의식중에 미간을 찌푸렸다.

약간의 차이.

그동안 무사태평하고 나긋했던 천제의 음성에서, 딱 한순간 차가움이 느껴진 것이다.

분노와도 비슷한 감정——.

“확인하고 싶은 것이 있어.”

누워 있는 수인이 자기 얼굴에 손을 댔다.

“100년 전의 일. **멜른을 이런 모습으로 만든 놈들을 밝혀내고 싶어.**”

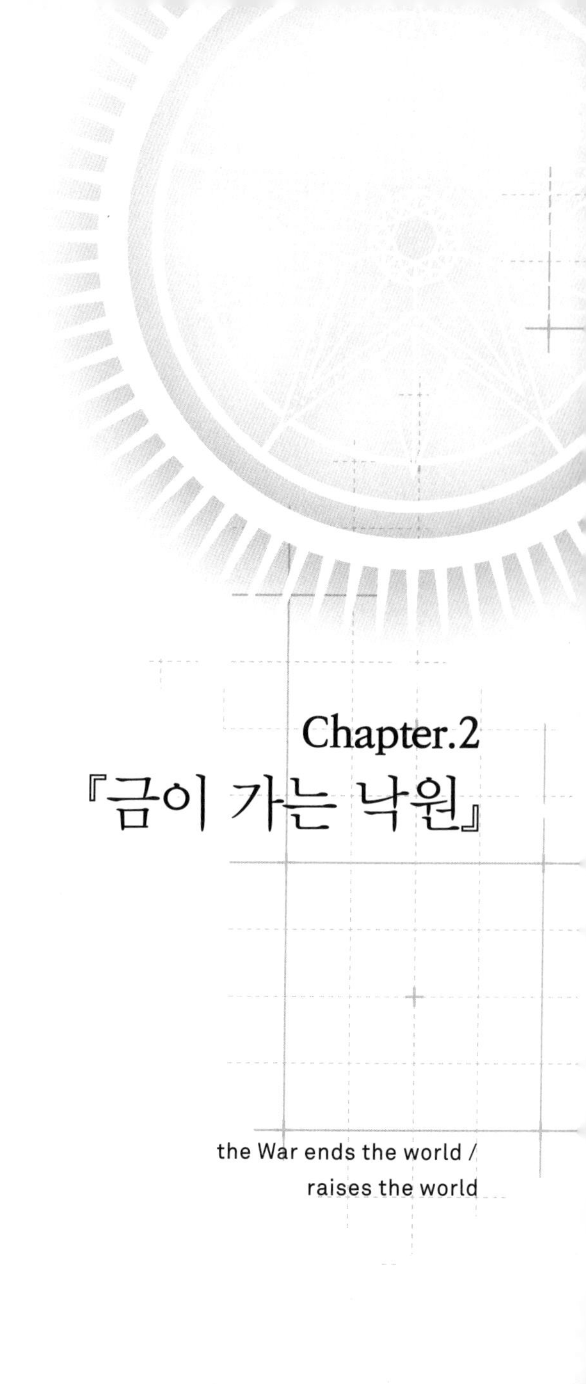

Chapter.2
『금이 가는 낙원』

the War ends the world /
raises the world

1

태양의 탑——.

네뷸리스 3대 왕가 중 하나인「히드라」의 왕궁.

그 탑의 상층.

높은 곳에서 야경을 내려다볼 수 있는 발코니. 그곳에는 찬란한 빛을 받아 드러난 미남과 미녀가 있었다.

"안녕하세요, 숙부님. 제가 늦었네요."

"아냐, 미지. 넌 제시간에 왔어. 그런데 신기하구나. 네가 먼저 같이 저녁 식사를 하자고 말하다니."

발코니에 마련된 회식 자리.

새하얀 테이블보 위에는 2인분의 식기가 세팅되어 있었다.

"마침 잘됐어. 나도 상의하고 싶은 일이 있었거든."

기쁘게 소녀를 맞이해준 사람은 체격이 좋은 중년 남성이었다.

히드라 가문의 당주,『파도』의 탈리스만.

조각 같은 이목구비, 탁한 은색 머리카락을 깔끔하게 정리한 그의 외모는 나이가 마흔이 되었는데도 점점 더 아름다워지기만

했다. 그의 상징이라고 할 만한 순백색 양복을 입은 그 모습은 마치 무대에 오른 영화배우처럼 세련된 느낌이 들었다.

"우선 자리에 앉아."

"네…… 그럼 실례하겠습니다."

가볍게 미소를 짓더니.

어른스러운 소녀가 테이블을 사이에 두고 탈리스만의 맞은편에 앉았다.

——미젤히비 히드라 네뷸리스 9세.

눈이 번쩍 뜨일 정도로 파란 감청색 머리카락을 지닌 소녀였다.

탈리스만의 조카이자 히드라 가문의 차기 당주로 내정된 왕녀. 그리고 콘클라베(여왕 성별 의식)에서 히드라 가문이 옹립하는 여왕 후보였다.

"그런데 미지. 식전주는?"

"죄송해요, 숙부님. 전 아직 열일곱 살이에요."

"아, 미안하다. 맞아, 그랬지."

미젤히비의 사랑스러운 지적에 기분 좋게 응하는 탈리스만.

"그럼 탄산수를 섞은 사과주스를 가져오라고 할게. 라 카르테, 메르히엔, 알스부뉴, 최고급 사과 중에서도 특별히 향기가 좋은 세 종류를 골라서 블렌딩한 거야. 무알코올이라는 게 믿어지지 않을 정도로 향기가 일품이지."

탈리스만이 손가락을 딱 튕겼다.

뒤에 있던 급사가 발코니를 떠났다. 그 모습을 지켜보고 나서.

"저, 숙부님께 유감스러운 소식을 전하게 되었습니다. 즐거운 식사를 하기 전에."

"시스벨 군 말인가?"

"어머, 알고 계셨어요?"

당주가 즉답하자, 미젤히비는 예상하지 못했다는 듯이 눈을 깜빡거렸다.

"이번만은 제가 먼저 숙부님께 전해드릴 수 있을 줄 알았는데요."

"누가 보고한 것은 아니야. 다만 시스벨 군을 맡긴 곳에서, 열두 시간 이상이나 연락이 오지 않았으니까. 고로『그런 일』이 일어났다고 짐작한 거지."

제3왕녀 시스벨이 탈환됐다.

일부러 황청 밖으로 내보내서 제국의 성령 연구소에 맡겼는데, 설마 겨우 며칠 만에 탈환될 줄은 몰랐다.

"시스벨 군이 황청으로 돌아온다면 우리 히드라 가문은 파멸할 거야. 나는 처형될 테고, 너나 시종들도 평생 감옥살이를 면치 못할 테지."

"……죄송합니다."

미젤히비의 어깨가 바르르 떨렸다.

그 사랑스러운 둥근 눈동자에서, 억누를 수 없는 격정의 편린이 드러났다.

"……제가『그레고리오 비문』을 빼앗기지만 않았으면……."

"시스벨 군은 가능한 한 그대로 제국에 머물러주면 좋겠군. 황청으로 돌아오는 것만 저지하면 뒷일은 어떻게든 될 거야."

여왕 암살 계획의 주모자가 히드라 가문이다.

여왕이 그 결정적인 증거를 얻는 것만 막아낸다면, 콘클라베에서 히드라 가문의 우위는 흔들리지 않을 것이다.

"루 가문은 여왕의 카리스마가 약해진 지금 이 상황에서는 콘클라베에서 승리하기 어려워. 또 조아 가문도 당주 그로울리 경이 제국으로 끌려갔으니."

별(루)도 달(조아)도 기울었다.

황청이라는 나라는 태양(히드라)이 떠오르기를 바라고 있었다.

"콘클라베가 끝날 때까지는 시스벨 군을 계속 제국에 머물게 하고 싶어. 미지, 네가 여왕이 되기만 하면 나머지는 다 수습할 수 있어."

"네, 숙부님. 그런데 시스벨이 제국에 있는 동안에 감시는 어떻게 하죠?"

"그건 팔대사도에게 맡기면 돼."

"……!"

미젤히비가 눈을 가늘게 떴다.

당주 탈리스만이 언급한 그 이름은. 히드라 내부에서도 가장 중요한 기밀로서 엄중히 취급되는 정보였기 때문이다.

――공모자.

이 황청에서는 성령술사에 대한 인체실험은 윤리적으로 금지되어 있다.

제국은 다르다.

팔대사도가 비밀리에 진행하고 있는 「마녀화(魔女化)」 연구. 그것은 히드라 가문이 간절하게 원하는 것이었다.

그래서 그 둘은 손을 잡았다.

"시스벨 군을 놓친 것은 그 미친 과학자의 실수야. 부하의 실수를 수습하는 것은 상사의 역할이지. 그러니까 팔대사도도 우리를 위해 최선을 다해줘야겠어."

식전주가 나왔다.

당주 탈리스만의 식전주는 스파클링 와인. 그는 그 잔에서 떠오르는 기포를 바라보면서――.

"그들은 일리티아 군을 감시하고 있어. 거기에 시스벨 군을 한 명 더 추가로 감시해 달라고 하면 돼."

"……실례지만, 당주님."

어느새 나타난 걸까.

귀에 커다란 귀걸이를 단 붉은 머리 소녀가 발코니 난간 앞에 서 있었다.

마녀 비소와즈.

팔대사도의 「마녀화」 연구의 피험자로 추천되어, 미친 과학자 켈비나의 시술에 의해 인간이 아닌 존재로 다시 태어난 소녀였다.

"아, 비소와즈 군. 순찰하느라 수고했어."

와인 잔을 들어 올리는 당주.

"자네도 뭔가 좀 마실 텐가?"

"……어……. 그럼 물을 주시겠어요? 제 육체는 그것 말고는 받아들이지 못하니까요."

진지한 얼굴로 대답하는 비소와즈.

그녀는 발코니 가장자리에서 난간에 몸을 기대고 말했다.

"당주님."

"왜?"

"저의 헛소리라고 생각하셔도 상관없습니다만. 그래도 방금 말씀하신 그것은…… 제어에 실패할 가능성도 부디 고려해주시길 바랍니다. 언젠가 감당하지 못하게 될지도 몰라요."

"팔대사도 말인가?"

"아뇨."

"시스벨 군?"

"……루 가문의 왕녀 일리티아 말입니다."

그렇게 대답하는 마녀의 음성은, 당주 탈리스만으로선 이해하기 어려울 정도로 복잡한 감정이 소용돌이치고 있었다.

초조. 공포. 분노. 곤혹.

그리고 선망──.

"저는 벌써 한 달 넘게 물만 마시고 있어요. 아니, 실은 이렇게 인간 모습으로 있는 것이 점점 괴로워지고 있어요. 인간이기를 그만뒀다는 것은 자신도 알고 있죠. ……그런데 제가 그런 존재

이기 때문에 알 수 있다고나 할까, 느낄 수 있는 것이 있어요."

"흐음?"

"그 여자는 이미 '인간이 아니다'라는 차원을 넘어섰어요."

"일리티아 군이 그렇다고?"

"미친 과학자가 저에게 투여한『그것』의 성분은 농도 0.0002%. 겨우 그 정도로 저는 마녀가 되었습니다. 그런데 그 여자가 투여해 달라고 한 것은 농도가 51%였어요."

"흠."

"아시겠습니까, 당주님? 그 여자는 이미 절반 이상이나『그것』한테 침식된 상황입니다. 그런데도 여전히 자아를 가지고 있어요. 괴물입니다."

제1왕녀 일리티아.

역사상 가장 약한 순혈종으로서 가신들의 비웃음을 샀던 그 왕녀는 스스로 황청을 빠져나갔다.

그리고 팔대사도와 접촉해 스스로 금단의 인체실험에 지원했다.

그 결과는「실패」.

단——.

그것은, 미친 과학자도 팔대사도도 제어할 수 없다는 의미에서 실패했다는 것이다.

"그때 저는 자신이『처분』당하리라 생각했거든요."

"켈비나 주임은 매일매일 저의 성체(星體) 데이터를 확인하고 머리를 쥐어뜯었으니까요. **그것과의 친화율이 너무 높다**고."

"……그러니까."

눈을 가늘게 뜨는 비소와즈.

"슬슬 처단하는 게 좋지 않을까~? 하고 생각하는 거죠. 우리 히드라 가문이 보기에도, 그 여자는 더 이상 쓸모도 없잖아요?"

히드라가 일리티아와 손잡은 것은 서로의 목적 중 「일부」가 일치했기 때문이다.

그 「일부」란 것은 시스벨을 강탈하는 것이었다.

일리티아가 여동생의 위치를 히드라 가문에 가르쳐주고, 그러면 히드라 가문이 시스벨을 납치한다는 협력관계.

그것은 이미 끝났다.

"그 여자도 근본적으로는 루 가문의 일원입니다. 히드라 가문을 좋아하지 않는다는 것은 확실하고, 언젠가는 우리를 배신할지도 몰라요. 불필요한 씨를 뿌리기 전에 빨리 베어버리는 게 낫지 않아요~?"

"조언해줘서 고마워. 비소와즈 군."

히드라 가문의 당주가 온화하게 웃으며 고개를 끄덕였다.

"참고로 그 생각은 옛날에 팔도사도에게 전달해뒀다. 항상 감시하다가, 제어하기 어려울 것 같으면 소거하라고."

"……아, 뭐예요. 벌써 손을 써뒀어요?"

"시스벨 군도 마찬가지야. 그 소녀는 이용 가치가 있으니까 가능한 한 남겨두고 싶지만, 우리에게 대들 것 같으면 이야기가 달라지지. 어때? 미지."

"네, 이론 따윈 없습니다."

미소 짓는 미젤히비.

사과주스 잔에 매끄러운 입술을 살며시 대면서 말했다.

"저에게도 그 루 가문의 세 자매는 콘클라베의 방해물이니까요. 다만……."

"뭔가 의미심장하구나."

"성가신 것은 앨리스입니다. 우리 히드라 가문이 장녀와 삼녀를 건드렸다는 사실을 알게 되면, 앨리스가 과연 어떤 보복을 할지. 여왕이 부상을 당했다는 이유로, 그 여자는 여왕 대리인을 자처하면서 설치고 다니는 것 같던데요. 표면적으로는 아직 협력 체제———."

말이 뚝 끊겼다.

미젤히비는 아름다운 입을 꾹 다물었고, 탈리스만은 눈썹을 살짝 치켜들었다.

그리고 비소와즈는 어디론가 사라졌다.

조용해진 발코니에 소리가 울려 퍼졌다. 손님의 방문을 알리는 작은 종소리였다.

"당주님."

검은색 양복을 입은 젊은 청년이 꾸벅 인사했다.

"손님이 오셨습니다. 어떻게 할까요."

"물러가시라고 해라. 이 즐거운 저녁에 면담 예약도 없이 불쑥 찾아오는 사람에게는 관심 없어……. 아니, 혹시 모르니까. 그 예의 없는 자의 이름만이라도 알아둘까?"

"가면 경입니다."

"…………."

탈리스만의 입에서 흘러나오는 희미한 탄식.

"뭘 꾸미고 있으려나. 조아의 당주 대리인은."

하늘보다 더 푸른 지하——.

네뷸리스 왕궁, 격리 구역.

천연 종유동을 이용해서 만든 거대한 지하통로에서는 물방울 튀는 소리가 메아리쳤다.

"탈리스만 경, 일부러 오게 해서 미안하군."

푸른 지저 호수.

그곳에 울려 퍼진 것은 금속 가면을 쓴 남자의 쾌활한 목소리였다.

"아무래도 저녁 식사 시간이잖아? 난 그저 사소한 정보만 제공하려고 했는데. 당신이 여기까지 와줄 줄은 몰랐어."

"아니, 이 정도는 전혀 문제없어."

뚜벅.

지저 호수의 수면을 가로지르는 다리에서 연달아 울려 퍼지는 두 개의 발소리.

왕녀 미젤히비를 거느린 당주 탈리스만이 가면 경 앞까지 걸어갔다.

"오랜만입니다. 가면 경."

"안녕하신가, 미젤히비 군. 자네까지 와준 건가?"

"어머, 왜 그렇게 서먹하게 대하세요. 그냥 미지라고 부르셔도 돼요."

미젤히비는 가면 경에게 고개 숙여 인사하더니 감청색 앞머리를 살짝 걷어냈다.

그 눈길이 닿는 곳에는——.

거대한 유리 관이 있었다.

관 속에서는 겨우 13~14세밖에 안 되어 보이는 소녀가 쭉 깊은 잠에 빠져 있었다.

햇빛을 받아 구릿빛으로 변한 피부와, 물결치는 진주색 머리카락. 잠들어 있는 그 모습은 아직 어리고 사랑스럽기도 했다.

"……시조님."

미젤히비의 눈이 가늘어졌다.

금이 간 관.

여왕의 상징이 있는 자물쇠에 의해 절대 열리지 않도록 봉인되어 있었지만, 관 그 자체가 당장이라도 산산이 부서질 것 같았다.

"자, 이것을 봐. 히드라의 두 분."

어깨를 으쓱하는 가면 경.

그 입가에는 숨길 수 없는 환희의 미소가 떠올라 있었다.

"시조님이 깨어나려고 하신다."

"깨우려고 하는 것이 아니고?"

"얼토당토않은 말씀을 하시는군. 탈리스만 경. 아니, 물론 혈족 회의에서 조아 가문이 그렇게 주장한 것은 사실이지만, 이것은 시조님 본인의 의지야."

조아의 당주 대리인과 히드라의 당주.

둘 다 키가 180cm가 넘는 위장부였다. 유리 관을 사이에 두고 마주 보기만 해도 박력이 넘쳤다.

"어때? 탈리스만 경. 시조님이 깨어나시면 제국과의 전면전도 두려워할 이유가 없어. 제국군에 잡혀간 조아의 당주 그로울리를 탈환하는 것도 시간문제야."

"…………."

"아 참, 그리고 또 하나. 중요한 것을 깜빡했군."

짝 하고 박수를 치는 가면 경.

연극하는 듯한 어조.

누가 봐도 질 낮은 연기인, 속이 빤히 들여다보이는 말투와 제스처를 구사하면서.

"조아의 당주 그로울리가 제국에 붙잡혔어. 그렇다는 것은 다시 말해, 당주는 배신자의 얼굴을 봤다는 뜻이지. 제국군과 손잡은 배신자의 얼굴을.”

“흐음?”

“시조님이 깨어난다. 시조님이 깨어나면 제국과의 전면전이 가능해진다. 그러면 제국에 붙잡힌 포로들을 탈환할 수 있어. 그 결과, **배신자가 누구인지도 알게 될** 거야.”

“아하, 그래. 그것참 기쁜 소식이군.”

당주 탈리스만의 시선이 옆에 있는 왕녀에게로 옮겨갔다.

“우리 히드라도 그것을 바라고 있어. 뭐, 그렇게 일이 잘 풀릴지 모르겠지만. 어쨌든 머지않아 시조님이 각성하신다는 정보를 제공해준 것은 고마워.”

“**각오해라**——라고 말하고 싶어. 제국군과 거래를 했을 누군가에게.”

“………….”

“시조님은 이제 곧 각성하실 거다. 잠 못 이루는 밤을 벌벌 떨면서 보냈으면 좋겠군.”

“동감이네. 자, 그럼 이만 실례할게.”

미젤히비를 향해 살짝 고개를 끄덕거리더니, 당주 탈리스만은 빙글 돌아섰다.

가면 경에게 등을 보였다.

“그럼 실례하겠습니다. 가면 경. 좋은 밤 보내세요.”

“그래, 미지 군. 탈리스만 경도. 좋은 밤을 보내시길.”

기분 좋게 고개를 끄덕이는 조아의 당주 대리인.

떠나가는 두 사람의 뒷모습이 완전히 사라질 때까지 지켜본 뒤.

"——당연히 알 테지? 태양도 반드시 지게 되어 있어. 밤에 태양은 빛나지 못한다."

나지막한 그 중얼거림은 푸른 지저 호수에서 메아리쳤다.

2

아침 일곱 시.

극동 알트리아 관할구의 중심부에 있는 주요역(主要驛)에서는 여행객도, 또 회사원의 모습도 별로 눈에 띄지 않았다.

드넓은 제국령의 거의 동쪽 끝.

이 역에서 제도까지 가려면 특급 차량을 이용하더라도 꼬박 하루 동안 여행해야 한다.

"……달리 표현하자면, 우리는 내일이면 제도에 돌아간다는 뜻이지."

진이 한숨을 한 번 쉬고 벤치에 걸터앉았다.

"묘한 기분이야. 너무 오랫동안 멀리 나가 있어서 그런가, 원래 있던 곳으로 돌아간다는 느낌이 안 들어."

"응, 네네도 그래. 제도로 돌아가는 것은 거의 한 달 만이잖아?"

옆에 앉은 네네도 왠지 마음이 복잡한 것처럼 말했다.

돌이켜보니 꽤 오래전.

제국 사령부에 이런 명령을 받았던 것이 모든 일의 발단이었다.

″제907부대에게는 60일의 특별 휴가를 명합니다.″
″제일 좋은 방법은 멀리 여행을 떠나는 것이겠지요. 제국 주변의 동맹국에서 정양하는 게 좋지 않을까요?″

우선 독립국가 알사미라로 갔는데.
거기서 시스벨을 만났고, 호위 의뢰를 받아 반강제적으로 황청에 가게 되었다.
그리고 황청에서도 분쟁에 휘말려 사선을 넘나들다가…… 마침내 제도의 코앞까지 왔다.
"……그 사건처럼 보이는 기사는 없군."
"응? 뭐야, 진 오빠. 뭐 읽어?"
"조간. 네가 아침밥으로 빵을 샀던 그 매점에서 팔고 있었잖아."
네네가 들여다본 것은 진이 읽고 있는 조간신문이었다.
제국의 국내 뉴스를 훑어보고 나서 말했다.
"……시스벨 씨가 붙잡혀 있었던 실험실 말이야?"
"응. 아무리 폐가였어도 그토록 강렬한 성령 에너지가 하늘로 솟구쳤잖아? 그러니까 목격자도 수백 명은 있었을 텐데——이스카."
신문을 둘둘 말아 허공으로 던졌다.
던져진 신문을 받아서 이스카도 한번 훑어봤는데, 시스벨이 갇혀 있었던 연구소의 사건을 다룬 기사는 없었다.

……그 폐가가 불법 성령 연구소였다는 언급조차 없었다.
……마천사 켈비나와의 전투로 인해 어마어마한 성령 에너지가 밖으로 분출됐음에도 불구하고.
알려지지 않은 건가?
아니, 틀림없이 목격자도 있을 것이다. 그 목격자를 통해 제국군에도 당연히 연락이 갔을 텐데.
"리샤 씨."
"으응~? 왜? 이스캇치."
사도성 제5위가 이쪽을 돌아봤다.
아주 천연덕스러운 반응이었지만, 분명히 방금 그 대화도 다 들었을 것이다.
"이 사건, 사령부가 아직 은폐하고 있는 거죠?"
"아, 어제 그 일? 물론 공식 발표는 할 거야. 단, 사령부의 사후 조사가 끝난 다음에."
리샤는 어휴~ 하면서 어깨를 으쓱했다.
"이스캇치는 아직도 의심하는 것 같은데, 그 연구소에는 제국 사령부는 전혀 관여하지 않았어~. 제국군은 완전히 무관계하다고. 그러니까 이것저것 조사를 해야 하는 거야. 도대체 누가 범인인지 알아내려면."
"…………."
"어머, 못 믿겠어?"
"리샤 씨의 말을 안 믿는 것은 아니에요. 다만, 솔직히 말해서 너무나 상상도 못 한 일들이 많이 일어나서…….”
“흐음?”
“그래서 저도 무엇을 믿으면 좋을지, 아직 완벽하게 생각을 정리하진 못했어요.”
마녀가 태어나는 땅.
미친 과학자 켈비나는 그 성령 연구소를 그렇게 불렀었다.

″이곳은『마녀를 낳는 땅』이야. 나는 이 땅에서 별의 진실을 연구해왔어.″
″비소와즈는 참 좋은 피험자야.″
″가칭『카탈리스크의 짐승』. 보다시피 인조 성령이야. 제국군의 모든 병기의 차세대 에너지가 되어야 할 존재.″

마녀 비소와즈는 그 연구소에서 태어났다.
그뿐만이 아니었다. 독립국가 알사미라에서 싸웠던 오브젝트(섬멸 물체) 속에 들어 있던 것이 그 인조 성령이었다는 사실도 판명됐다.
“리샤 씨. ……그 연구자는 거기서 개발되고 있던 괴물이 제국군에서 사용될 거라고 말했습니다. 저는 분명히 그 이야기를 들었어요.”
“흐음?”
“그런데도 사령부는 관여하지 않았다고요?”

"관여하지 않았어. 나도, 천제 폐하도, 사령부에서는 그 누구도."

리샤가 피식 희미한 쓴웃음을 지었다.

그리고 실처럼 눈을 가늘게 뜨면서 말했다.

"네가 하고 싶은 말이 뭔지는 알겠어. 그럼 도대체 누구냐는 거지? 그래, 솔직히 고백하면 나도 몰라."

"……뭐라고요?"

"정확히 말하자면 확증이 없는 거야. 십중팔구 알고는 있는데, 상대가 좀처럼 꼬리를 드러내지 않아서. 그러니까 마침 잘된 거지. 딱 알맞은 마녀……가 아니라, 성령술사가 우리나라에 와 있으니까."

리샤가 한쪽 눈을 감으면서 능숙하게 윙크했다.

그 애교의 대상은 이스카가 아니라, 그 뒤에 찰싹 달라붙어 있는──.

"이해했죠? 시스벨 왕녀님."

"…………."

"시스벨 왕녀님?"

"……제가 알 바 아닙니다."

팔짱을 낀 시스벨은 고개를 반대편으로 홱 돌려버렸다.

미간을 찌푸리고 입을 꾹 다문 채, 리샤하고는 죽어도 눈을 맞추려고 하지 않았다. 참 노골적으로 무뚝뚝한 태도였다.

"저는 어디로 도망치거나 숨지도 않을 겁니다. 지금도 제도로 가기 위해 이 주요역에 와 있잖아요?"

"네. 천제 폐하도 기다리고 계십니다."
"그래요, 그거예요!"
시스벨이 삿대질을 했다.
천제의 참모에게 삿대질하다니——만약에 이런 짓을 한 사람이 제국군의 일개 병사였다면 그날 당장 징계 처분을 받았을 것이다. 그 정도로 심한 도발행위였지만, 당사자인 시스벨은 「천제의 참모」라는 칭호 앞에서도 겁먹지 않았다.
왜냐하면 본인이 황청의 왕녀이므로.
"제가 제도에 간다고 했잖아요. 그런데 왜 당신이 여기서 기다리고 있는 거죠? 얌전히 제도에서 기다리는 게 상식적인 행동 아닌가요?"
"아하하, 그건 오해입니다. 시스벨 왕녀님."
리샤는 태평한 말투로 이야기했다.
"좀 전에 호텔에서도 말씀을 드렸잖아요. 나는 수행원이라고요. 천제 폐하의 따뜻한 배려……."
"감시입니까?"
"아닙니다."
"감시군요?"
"아니라니까요."
참고로 이런 대화는 호텔에서부터 지금까지 무려 네 번이나 반복되고 있었다.
불쑥 나타난 리샤. 이에 대해 시스벨은 아직도 경계심과 적의를 둘 다 철저히 유지하고 있었다.

……시스벨의 입장에서는 그러는 것도 당연하지.

……천제와 함께 린을 납치한 장본인이니까.

더 나아가 린을 구속했던 성령술의 「실」은 본디 시스벨을 노리고 발사된 것이었다. 린이 감싸주지 않았더라면 그때 붙잡힌 사람은 시스벨이었을 것이다.

"당신, 리샤라고 했죠?"

사도성을 쳐다보는 마녀 공주.

"당신을 신용할 생각은 없습니다. 저는 마음만 먹으면 당신의 과거를 모조리 추적할 수도 있어요. 조금이라도 수상한 짓을 하면——."

"어? 아, 미스미스, 여기야~!"

"제 말 듣고 있어요?!"

"아니, 그게~. 시스벨 왕녀님은 늘 너무 길게 이야기하는걸요. 그리고 걱정하지 말라니까요. 자, 이거 봐요. 난 미스미스하고도 이렇게 사이가 좋거든요?"

열차 승차권을 사 온 미스미스 대장.

리샤는 그녀의 양어깨에 가볍게 손을 올리더니 미스미스의 머리를 쓰다듬기 시작했다.

"있잖아~ 미스미스. 나 부탁이 하나 있는데."

"뭔데?"

"돈 빌려줘."

"돈?!"
쓰다듬을 받던 미스미스 대장이 흠칫 놀라서 굳어졌다.
"리, 리샤야, 무슨 소리를 하는 거야?! 아무리 친한 사이여도 돈을 빌리거나 빌려주는 것은 안 돼. 제국군 규율로도 정해져 있고…… 잠깐만, 리샤는 사도성이니까 나보다 훨씬 더 월급도 많이 받잖아?!"
"아니~ 그게 말이지. 나 애초에 지갑을 안 가지고 있거든."
미스미스의 머리를 계속 쓰다듬으면서도 리샤가 쭉 바라보는 사람은 시스벨이었다.
의심하는 표정의 그 왕녀에게 이야기했다.
"어제 말인데요. 천제 폐하가 사라졌잖아요? 그때 나도 같이 제도로 돌아갈 예정이었는데요."
"……네, 알죠. 그래서 지금 당신이 왜 여기 있는지 의심하고 있는 겁니다."
"그 공간이동. 최대 인원이 두 명이었나 봐요."
"?"
"올 때는 천제 폐하와 내가 함께 이동했는데. 돌아갈 때는 천제 폐하와 인질을 합치면 두 명이잖아요. 그래서 나 혼자만 거기 덜렁 남겨진 거예요. 어휴~ 나도 깜짝 놀랐다니까요."
린을 데리고 사라진 천제.
실은 그 자리에 리샤 혼자만 남겨졌었나 보다.
"뭐? 저기, 리샤야. 그럼 혹시 수행원이 됐다는 게 진짜였어?

우리를 감시하려는 게 아니라?"

"당연하지. 내가 미스미스에게 거짓말을 할 리 없잖아?"

쾌활하게 긍정하는 리샤.

"그래서 나도 고생했어. 실은 시스벨 왕녀를 데리고 당장 제도로 돌아갈 생각이었으니까, 지갑이고 뭐고 안 가져왔는걸. 밥은 커녕 주스 하나조차 살 수가 없었다고."

"……아~. 그래서 나한테 돈을 빌려 달라고 했구나?"

"응, 맞아. 그러니까 미스미스가 돈을 안 빌려주면 나는 진짜 난처해질 거야. 아, 하지만 돈을 빌려주는 것은 제국군 규율을 위반하는 짓이지? 그럼 신용카드 하나만 줘."

"카드를 달라고?!"

"아~ 괜찮아, 괜찮아. 나중에 두 배로 갚을게."

미스미스의 지갑에서 신용카드를 뽑아 가는 리샤.

그것을 재빨리 자기 호주머니에 집어넣으면서 말을 이었다.

"아 참, 그러고 보니 미스미스가 예약해준 특급 기차표, 일반석이지? 이왕이면 룸 형태로 된 특등석으로 할까?"

"……내 카드로 결제해서?"

"나중에 천제 폐하에게 청구하면 돼."

"그건 너무 무서운데?!"

"아유, 걱정하지 마. 미스미스는 귀여우니까. 천제 폐하도 반려동물 예뻐하듯이 다정하게 대해주실 거야. 자, 이렇게 꽉~ 하고!"

리샤가 미스미스를 뒤에서 끌어안았다.

"아아…… 행복하다. 작고 폭신폭신해. 향긋한 샴푸 냄새가 나."
"나는 안 행복한데?!"
"뭐, 그건 그렇고."
리샤는 상대를 꽉 끌어안고 안 놔주면서 시선을 미스미스의 왼쪽 어깨로 옮겼다.
"……흐음."
"어? 리샤야, 왜 그래?"
"아니, 이게 좀 신경 쓰였거든."
스르륵.
리샤의 왼손이 미스미스의 왼쪽 어깨를 어루만지듯 쓰다듬었다.
"**참 좋은 밴드다**. 기차역 개찰구도, 성령 에너지 검출기도 무사히 통과한 것을 보면."
"~~~~?!"
그 속삭임에 미스미스의 작은 몸이 흠칫! 하고 떨렸다.
그걸 어떻게 알았지?
이스카는 무의식중에 숨을 들이켰고, 네네는 눈을 부릅떴다. 그리고 그 밴드를 준 시스벨은 놀라서 벌린 입을 다물지 못할 정도였다.
단, 유일하게――.
"다 알고 있었군."
진 혼자만 여전히 진지한 얼굴로 나지막하게 그런 말을 중얼거렸다.

"그런데 이해가 안 가. 보스의 성문(星紋)을 알고 있었다면, 왜 우리를 제국 바깥으로 내보낸 거지? 일부러 60일의 특별 휴가까지 마련해주면서."

"아니 뭐, 대단한 것은 아니야. 진진."

진을 보고 윙크하는 리샤.

"애초에 미스미스는 뮈드르 협곡에서 마녀가 된 거잖아? 그럼 그곳으로 파견 명령을 내린 나에게도 책임이 있는 거니까."

"그것까지 알고 있었던 거냐."

"물론이지. 내 생각엔 미스미스가 넘어져서 볼텍스에 빠졌을 것 같은데, 안 그래?"

"아니거든?!"

"어머, 아니야?"

미스미스의 대답에 리샤가 의아하다는 듯이 고개를 갸우뚱했다.

"난 당연히 미스미스가 돌부리에 걸려 넘어져서 볼텍스에 빠진 줄 알았는데."

"적의 보스가! 나를 발로 차서 떨어뜨린 거야!"

"아하하, 그래? 미안해. 그럼 산재였던 거구나. 청구하면 산재 보상금이 나올 수도 있겠는데?"

리샤는 꽉 끌어안고 있던 미스미스를 놔주더니 유쾌하게 어깨를 흔들며 웃었다.

이른 아침의 역 안.

주위에 사람이 없는 것을 확인한 뒤——.

"이건 비밀인데, 미스미스와 비슷한 사례가 과거에도 여러 건 있었어."

"……뭐?"

"볼텍스를 발견할 때마다 제국과 황청은 서로 쟁탈전을 벌여왔거든. 그 성령 에너지를 뒤집어쓴 제국 병사가 매우 드물게 마녀로 변하는 경우가 전혀 없지는 않았어. 어, 알지? 마녀화가 될지 안 될지는 개인차가 있으니까. 제국으로서도 그걸 막을 방법이 없는 거야."

마녀화의 조건은 아직 밝혀지지 않았다.

볼텍스에 떨어졌어도 이스카는 영향을 받지 않았다. 그러나 미스미스 대장은 마녀로 변했다. 오랜 전쟁이 계속되는 와중에 그런 사태는 과거에도 있었다.

"……저, 저기, 리샤 씨!"

네네가 손을 번쩍 들었다.

"리샤 씨도 이야기했듯이 대장님이 이렇게 된 것은 불가항력이었어! 어, 그…… 그러니까……."

"부디 관대한 처분을 바란다고? 뭐, 괜찮지 않을까? 공식적으로 발표할 수는 없어도, 미스미스처럼 『마녀가 된 제국 병사』는 스파이로 이용할 수 있거든. 왜냐하면 진짜 마녀니까 당당하게 황청에 침입할 수 있잖아?"

"―――――**당신도 그런 겁니까**?"

의혹으로 가득한 목소리.

그것은 내내 입을 다물고 있던 왕녀가 낸 소리였다.

"리샤."

"네? 아, 무슨 말씀이시죠? 시스벨 왕녀님."

"당신도 마녀냐고 묻는 겁니다. 저나 미스미스 대장과 마찬가지로."

사도성을 쏘아보는 시스벨.

강한 불신감을 드러내면서, 잠시 리샤와 말없이 마주 보고 있었다.

……시스벨이 신경 쓰는 것도 당연했다.

……나도 그게 마음에 걸렸었다. 미스미스 대장님도, 진도, 네네도.

린을 사로잡았던 성령술의 실.

그것은 아무리 봐도 리샤가 발사한 것이었다. 리샤 본인이 그것을 인정했다.

"리샤야, 그 빛은, 설마……."

"아, 이거? 맞아, 성령술이야. 제국군의 다른 사람들에게는 비밀로 해줘."

이스카도 계속 그 질문을 꺼낼 기회를 엿보고 있었다.

그런데 결국 시스벨이 먼저 움직인 것이다.

"당신은 스스로 감시자가 아니라고 말했습니다. 단지 수행원일

뿐이라고요. 그렇다면 수행원으로서 신원을 밝혀야 할 겁니다."

"내 신원을?"

"네. 당신은 황청 국민입니까?"

"어휴, 아네요. 나는 제국에서 태어나고 자란 제국인이에요. 미스미스와 마찬가지로."

리샤가 어깨를 으쓱했다.

미간을 찌푸리는 시스벨과는 대조적으로 참 천연덕스러운 말투였다.

"성령술을 쓸 수 있는 것은 일종의 옵션에 불과해요."

"그 옵션인지 뭔지의 정체가 뭐냐고 묻는 겁니다. 얼버무리려고 하지 말아요. 그럼 차라리 저의 성령으로 당신의 과거를 적나라하게 밝혀줄까요?"

"…………."

"자, 어때요?"

"아니, 그게 말이죠. 그 이야기를 할 수는 있지만, 그래도 공공장소에서 하기는 좀 그렇잖아요?"

리샤는 '쉿' 하고 입술에 손가락을 갖다 대면서 쓴웃음을 지었다.

"특별히 룸까지 준비했으니까요. 거기서 이야기합시다, 네?"

"……한 입으로 두말하진 않을 테죠?"

"물론입니다. 이래 봬도 나는 평생 거짓말을 한 적이 없다는 것이 자랑거리거든요."

"와, 거짓말! 시스벨 씨, 믿으면 안…… 으읍?!"

"아~ 미스미스. 좀 조용히 해봐."
무슨 말을 하려는 미스미스의 입을 양손으로 막아버리는 리샤.
리샤는 그대로 미스미스를 끌고 열차 안으로 들어갔다. 그 장면만 보면 마치 납치범처럼 능숙하기 짝이 없었다.
"자, 어서 시스벨 왕녀님도 이쪽으로 오세요."
"……수상하군요."
"아이참, 그런 거 아니에요. 내 신조는 『진심』『성실』『박애』인걸요?"
"또 그런 거짓말을?! 나 참, 리샤는 툭하면 그렇게 아무 말이나…… 으으읍?!"
"미스미스는 입 다물고 있어."
입이 막힌 미스미스 대장님이 끌려갔다.
그런 대장님을 쫓아서 이스카 일행도 어쩔 수 없이 특급 열차에 올라탔다.

3

네뷸리스 황청, 별의 탑――.
그곳 복도에서 앨리스는 종종걸음으로 걷고 있었다.
"아아, 어쩌지. 회의가 30분이나 길어지다니. 가면 경이 대체 왜 그런 걸까? '앨리스 군, 여왕 대리인의 그 의상은 참으로 눈부시게 아름답고 기품이 넘치는군'이라니……."

3대 혈족의 회의가 끝났을 때.

평소 같으면 키싱과 함께 즉시 자리를 떴을 가면 경이 오늘은 방으로 돌아가려고 하는 앨리스에게 말을 걸었다.

——여왕 대리인의 드레스.

그동안 앨리스가 입었던 것은 사적인 드레스였다.

그리고 새로 입은 것이 여왕의 대리인으로서의 공적 의상이었다. '여왕 자리는 남에게 넘겨주지 않겠다'라는 결의가 담긴 옷이었다.

기존의 분위기는 그대로 유지하면서 빨강과 파랑의 선명함을 더한 옷.

……그런데 도대체 뭘까.

……저번 회의에서 입었을 때는, 가면 경은 별 반응도 보여주지 않았었는데.

지금 와서 무슨 꿍꿍이지?

그동안 이 새로운 의상에는 관심도 안 가졌던 가면 경이 갑자기 칭찬해주다니. 앨리스도 불길한 섬뜩함을 느낄 수밖에 없었다.

……무슨 목적이라도 있는 걸까?

……왠지 무서울 정도로 기분이 좋아 보였는데. 그게 마음에 걸려.

방심할 수 없었다.

조아와 히드라가 여왕 자리를 노리는 것은 확실했다.

특히 히드라는 현 여왕의 목숨을 노리고 제국군을 이 나라로 불러들였다. 그걸 알고 있으니, 원칙적으로는 한시라도 빨리 탄핵해야 할 원수였지만.

“그러기 위해서 증거가 필요한 거야. 그러니까 시스벨이 돌아와야 하는데…….”

눈앞에 있는 방──.

루 가문 당주의 개인실「별들의 마천루」. 어머니인 여왕의 방인데, 안타깝게도 어머니는 회의가 끝난 뒤에도 대신들과 상담 중이었다.

그런 어머니를 대신해서 앨리스가 그 방의 문을 열었다.

“……간신히 안 늦었네.”

벽시계를 힐끗 보고 안도의 한숨을 쉬었다.

그런데 그때. 테이블에 놓여 있는 통신기의 램프가 점멸했다.

“앗?! 왔구나!”

허겁지겁 통신기를 들어 올렸다.

앨리스는 몸을 앞으로 숙이면서 얼굴을 모니터에 바싹 들이댔다.

“시스벨! 시스벨, 맞지?!”

『────언니. 오래 기다렸죠? 예정보다 몇 분 늦었네요.』

불그스름한 금발 머리 소녀의 모습이 나타났다.

어제는 통신 음성만 있었는데, 이번에는 영상도 있어서 동생 시스벨의 얼굴을 제대로 확인할 수 있었다.

건물 안인가?

깨끗하긴 한데, 상당히 밀실 같은 느낌의 벽으로 둘러싸인 공간이었다.

『아, 제가 어디 있는지 궁금하세요? 지금 특급 열차의 화장실 안에 있어요.』

시스벨이 두리번두리번 주위를 둘러봤다.

혹시 누군가가 이 대화를 듣고 있지 않나 확인하는 것이리라.

『네, 그런데 언니. 어제도 이야기했다시피 저는 린을 구하기 위해 제도로 갈 거예요. 아니, 실은 이미 가고 있어요. 이 특급 열차를 타고.』

"……그래. 너 진심이구나."

앨리스로서는 마음이 무척 복잡했다.

린은 둘도 없이 소중한 존재이므로 어떻게든 구출해주길 바랐다. 그러나 또 한편으로는 시스벨이 당장 귀환해주길 바라기도 했다.

딜레마였다.

가장 사랑하는 시종을 구해주길 바라는 마음과 동생을 위험하게 만들고 싶지 않은 마음.

……제도는 제국에서 제일 위험한 장소잖아.

……그곳에 간다는 것은, 스스로 마녀사냥을 당하러 가는 거나 마찬가지 아냐?

호랑이 굴에 들어갔다가 잡아먹히는 격이다.

제도는 분명히 시내 곳곳에 성령 에너지 검출기가 설치되어 있을 것이다.

동생이 마녀로서 체포된다면 만사 끝장이다.

"............."

『어머나? 뭐예요, 언니도 그렇게 불안한 표정을 지을 때가 있어요?』

내 마음을 아는지 모르는지.

동생은 참 여유작작한 말투로 말했다.

『이것은 반격의 기회예요. 저와 린만 무사하다면, 더 이상 아무도 마음대로 설치지 못하게 할 수 있어요. 어마마마를 노린 만행을 저질렀을 뿐만 아니라 저의 소중한 시종 슈바르츠를 납치한 것도 히드라 가문이라는 사실을 증명할 수 있으니까요.』

"……그건 알아. 하지만, 너의 안전은?"

『저요?』

"그래, 너. 린을 구하기 전에 네가 붙잡힐 가능성도 있어."

『믿음직한 호위병이 있어서 괜찮아요.』

시스벨이 재빨리 사진을 꺼냈다.

모니터 너머의 앨리스에게도 잘 보이도록 가까이 들이댔다. 앨리스는 저도 모르게 그 사진을 뚫어지게 응시했다.

그것은 이스카와 시스벨이 나란히 걷고 있는 사진이었다.

둘이서 밀착한 상태로 팔짱을 끼고——.

"자, 이거 보세요. 언니. 저희는 이렇게 사이가 좋답니다."

"~~~~~~~?!"

제국 어딘가의 시가지일 것이다.

부모 · 자식이나 회사원 같은 통행인들이 있음에도 불구하고, 아주 대담하게 둘이서 팔짱을 끼고 어깨를 밀착시킨 채 걷고 있는 이스카와 동생.

마치.

마치 한낮에 데이트하는 연인들처럼——.

"시, 시시, 시스벨, 너 뭐 하는 짓이야?!"

『데이트로 위장한 적지 관찰입니다. 이곳은 제국령 시가지이니까요!』

시스벨은 가볍게 사진을 흔들면서 자랑하듯이 보여줬다.

이 얼마나 도발적인 행위인가.

『굉장히 충실한 시간이었어요. 그가 가까이 있다는 안심감. 그의 튼튼한 팔을 만지기만 해도 저절로 가슴속에 만족감이 차오르는 것 같았어요.』

"이스카가 싫어하잖아! 아무리 봐도 당황한 표정인걸!"

『제가 만족했으니까 괜찮아요.』

"무슨 소리를 하는 거야?! 이스카는 내 라이벌…… 으윽……!"

동생에게는 자신과 이스카의 관계를 가르쳐주지 않았다.

그러나 동생은 틀림없이 자신과 그의 관계를 어렴풋이나마 짐작했을 것이다.

……아니, 분명히 눈치챘을 거야!

……이 애는 다 알면서 나한테 도전하는 거야!

빼앗으려고 하는 것이다.

나만의 라이벌을——.

『흐음? 아, 언니. 미안하지만 이미 승부는 났어요.』

"……뭐라고?"

『경험의 차이가 있는 거죠.』

사진을 품속에 집어넣는 시스벨.

자기 뺨에 손을 대더니, 촉촉하고 뜨거운 눈빛으로 허공을 쳐다보면서——.

『저와 이스카는 벌써 이런 짓, 저런 짓도 다 경험했다고요. 그건 정말이지, 회상하기만 해도 얼굴이 뜨거워질 정도로…….』

"그, 그게 뭐야————?!"

통신기를 향해.

얼굴을 붉히는 시스벨을 노려보면서 앨리스는 온 힘을 다해 외쳤다.

"거, 거짓말하지 마! 나는 안 믿어! 이스카가…… 고작 너의 유혹에 넘어가서 파렴치한 짓을 할 리가 없잖아?!"

『파렴치요?』

시스벨이 어리둥절한 것처럼 눈을 깜빡거렸다.

『글쎄요. 저는 파렴치한 이야기는 단 한마디도 하지 않았는데요.』

"뭐?"

『저는 이스카와 손잡고 걸어 다니고, 같이 사진을 찍고, 카페에서 차를 마셨던 것을 회상했을 뿐이에요.』

"……뭐라고?!"

『어머나아~?』

동생의 얼굴이 놀랄 만큼 가까이 다가왔다.

히죽히죽. 노골적으로 '걸려들었구나!' 하고 말하는 것처럼 도발적인 냉소를 짓고 있었다.

『언니~ 뭐예요. 도대체 어떤 상상을 한 거죠? 부디 저에게도 가르쳐——.』

펑.

그 직후, 앨리스의 머릿속에서 인내의 둑이 터졌다.

『언니이~.』

"시끄러워!"

전원을 껐다.

앨리스가 헉 하고 정신을 차렸을 때는, 이미 동생과의 통신은 끊겨버렸다.

"앗……."

"앨리스 님, 왜 그러십니까?"

"미, 미안해, 슈바르츠!"

방구석에서 대기하고 있던 노인을 황급히 돌아보면서 말했다.

"시스벨과 통신할 때 당신하고도 이야기하게 해주려고 했는데……."

"배려해주셔서 감사합니다. 그러나 아가씨의 건강한 목소리는 여기까지도 들렸습니다. 덕분에 시종인 저도 한시름 놓았습니다."

시스벨의 시종 슈바르츠.

그는 히드라 가문의 성령 연구 기관 「스노 더 선(눈과 태양)」에 감금되어 있다가 겨우 며칠 전에 탈출했다.

"그나저나……."

시종 슈바르츠가 테이블 위의 통신기를 힐끔 내려다봤다.

"앨리스 님께서 설명해주신 사건 경위를 듣고 다소 놀랐습니다. 이스카라고 했던가요. 그 남자의 부대가 설마 제국령으로 돌아가고 나서도 시스벨 님에게 협력할 줄은 몰랐습니다."

"호위를 맡기면서 협상한 것은 당신이었잖아?"

"네, 그렇습니다. 본디 독립국가 알사미라에서 있었던 일이지요. 그러나……."

노인은 잠시 침묵했다.

"그런 구두 약속을, 제국인이 그토록 의리 있게 끝까지 지켜줄 줄은……. 제국인들 중에도 정상적인 사람이 있기는 있나 봅니다."

"그렇지?! 맞아, 그게 바로 나의 자랑스러운 이스——."

"?"

"……아냐, 혼잣말이었어."

슬그머니 고개를 딴 데로 돌렸다.

와, 위험했다. 같은 시종이라서 그런가? 무심코 린과 이야기하는 것처럼 말실수할 뻔했다.

"그런데 슈바르츠. 당신이 내 동생을 좀 제대로 교육시켜줘. 그 애가 호위병에게 이상한 짓을 하려는 것 같아."

"하하하. 아닙니다, 앨리스 님. 그건 동생이 언니와 놀고 싶어서 그러는 겁니다."

늙은 시종이 웃음을 터뜨렸다.

"아가씨는 아직 연애할 나이가 아닙니다. 게다가 상대는 제국인이지 않습니까."

안이해!

안이하다고, 슈바르츠!

앨리스는 속으로 온 힘을 다해 주먹을 꽉 쥐었다.

전에 동생의 방을 수색했을 때.

책장에서 앨리스는 발견하고 말았다. 몹시 딱딱해 보이는 역사서와 문학책들 사이에, 실은 10대들이 좋아하는 연애소설이 숨겨져 있다는 것을.

……그 애는 책을 읽어서 그런 지식만은 가지고 있는 타입이라고!

……슈바르츠 앞에서는 순박한 척하고 있을 뿐이지!

남녀관계에 관해서는 아마 언니인 나보다 더 풍부한 지식을 가지고 있을 것이다.

이스카와 함께 찍은 사진만 봐도 그랬다.

교묘하게 팔짱을 낀 자세, 은근하면서도 완벽하게 계산된 피부 밀착 수준. 그것은 틀림없이 그의 관심을 끌려는 것이었다.

"————."

휴 하고 심호흡을 한 번 했다.

"역시 기회를 봐서 혼내주는 게 좋겠어."

"네, 맞습니다. 조아와 히드라 놈들을 이대로 내버려 둘 수는 없습니다."

"……그쪽 말고."

"네?"

"아냐, 그냥 해본 말이야."

앨리스는 기분전환을 하려고 고개를 휘휘 옆으로 흔들었다.

이스카를 빼앗으려고 하는 여동생은 나중에 「교육」을 시켜준다 쳐도, 지금 자신은 제국 측에만 신경 쓸 수 있는 상황이 아니었다.

조아와 히드라도 꾸준히 감시해야 한다.

"슈바르츠, 한동안 나와 함께 있어줄래?"

"알겠습니다. 제가 비록 늙기는 했으나, 부재중인 린을 대신해 앨리스 님을 보좌하기 위해서 최선을 다하겠습니다."

앨리스에게는 시종이 없다.

슈바르츠에게는 주인이 없다.

서로 시종과 주인이 없기 때문에 임시적으로 맺어진 주종관계였다.

그런데 그때――.

앨리스와 슈바르츠 뒤에 있는 방문이 열렸다.

"아…… 어마마마!"

"앨리스, 오래 기다렸지요? 회의가 끝나고 대신들에게 붙잡히면 꼭 이렇게 이야기가 길어지네요. 잡담도 말이죠, 손질해놓은 잔디밭을 고양이가 망쳐버린 사건에 관한 이야기를 어찌나 길게 하던지…… 이럴 줄 알았으면 억지로라도 대화를 중단하고 빨리 돌아올걸 그랬어요."

들어오자마자 여왕이 한숨을 쉬었다.

"앨리스. 시스벨에게서 연락은 왔나요?"

"네. 생각보다 훨씬 더 얄미…… 아, 아니, 건강해 보였습니다. 어제 이야기했던 대로 린을 구하기 위해 제도로 간다고 했어요."

"……그렇군요."

여왕이 두 번째 한숨을 내쉬었다.

"복잡한 심경이네요. 부모로서는 당장 돌아왔으면 하는 마음도 있는데, 그와 동시에 조금은 기쁘기도 해요."

"그 애가 린을 구하기 위해 나서서요?"

"네. 그 아이가 이렇게 자발적으로 결단을 내릴 수 있는 사람인 줄은 몰랐어요."

여왕이 곤란한 것처럼 쓴웃음을 지었다.

"방에 틀어박혀서 며칠 또는 몇 주일이나 모습을 보여주지 않았잖아요. 그런 시스벨이 놀랍게도 자진해서 적지에 뛰어들려고 하다니."

"모전여전인 것이지요. 여왕 폐하."

그렇게 대답한 사람은 시종 슈바르츠였다.

테이블 위에다 음료를 세팅하던 손을 멈추고 말을 이었다.

"시스벨 아가씨의 말괄량이 기질은 아무리 봐도 옛날의 폐하와 똑같습니다."

"……30년 전에는 당신도 나 때문에 고생이 많았지요?"

여왕이 문득 미소를 지었다.

"그런데 슈바르츠. 당신 몸 상태는 어떤가요?"

"걱정을 끼쳐서 죄송합니다, 여왕 폐하. 스노 더 선에 감금된 것이 도대체 몇 주일인지조차 모를 정도로 시간 감각도 사라져버린 상태였습니다만…… 지금은 보다시피 완전히 회복됐습니다."

"그래요, 그 일에 관해 제대로 물어보고 싶었어요."

다시 입술을 꾹 다물더니.

여왕은 앨리스와 슈바르츠를 번갈아 쳐다봤다.

"당신은 히드라 가문의 자객에게 붙잡혀서 스노 더 선에 감금되어 있었습니다."

"네, 그렇습니다."

"그런 당신을 해방시킨 사람은……."

"그 녀석입니다."

슈바르츠가 무겁게 대답했다.

"……샐린저였습니다."

"샐린저. 네놈이…… 그 녀석들한테 붙잡혔던 나를, 해방시켜준 거냐……."

"그래, 일종의 **심술**이지. 어째서 네놈이 스노 더 선에 갇혀 있었는지는 알고 싶지도 않지만, 포로가 사라지면 히드라는 그만큼 곤란해질 테지?"

초월의 마인 샐린저.

제13주 알카트루즈에서 자취를 감췄던 극악무도한 인간이 느닷없이 히드라의 거점을 습격했다는 사건은 앨리스도 알고 있었다.

그 마인이 어째서 왕가의 집사를 구해준 걸까?

"슈바르츠, 당신은 그에게서 무슨 이야기라도 들었나요?"

"아뇨. 그놈은 단지 히드라가 무엇을 계획하느냐고 물어봤을 뿐입니다. 저를 해방시킨 것도 그것을 물어보기 위해서였을 겁니다."

"……그런가요."

여왕이 눈을 감았다.

그것은 앨리스가 처음 보는 어머니의 행동이었다.

마치 상념에 잠긴 것처럼. 아득히 먼 정경에 잠시 정신을 빼앗긴 것 같았다.

"샐린저. 당신은 도대체 무엇을――――앗?"

여왕의 말이 중단됐다.

발밑에서 위로 솟아오르는 듯한 갑작스러운 진동에 의해.

"지진인가? 아, 아니, 하지만…… 너무 심한데?!"

슈바르츠가 크게 휘청거렸다.

"어마마마!"

똑바로 서 있을 수 없었다.

바닥이 파도처럼 흔들리는 가운데 앨리스는 어머니의 손을 꽉 붙잡았다. 거실 한가운데에서 어머니와 딸이 서로의 몸을 받쳐 줬다.

쨍그랑! 하고 복도에 울려 퍼지는 소리. 창문이 깨지는 소리 같았다.

왕궁을 뒤흔드는 듯한 이 진동은 도대체 뭘까?

"대, 대지진인가요?!"

"…………아닙니다. 앨리스. 이와 비슷한 충격은 예전에도 어딘가에서…… 아, 설마!"

앨리스를 껴안은 여왕이 눈을 부릅떴다.

"눈을 뜨는 건가요?!"

4

특급 열차.

제국의 거의 동쪽 끝에서 머나먼 제도까지 일직선으로 연결된 대륙 철도. 그 선로를 달려가는 열차의 특별 객실에서——.

"오. 이게 미스미스의 성문이구나. 와~ 진짜 멋지게 생겼는데?"

"리, 리샤야, 너무 크게 말하지 마!"

"가슴이 크니까 성문도 크구나."

"그게 무슨 소리야?!"

"아하하, 미안, 미안해. 그런데 문도 닫아놔서 괜찮을 거야, 알지?"

미스미스의 어깨에 있는 연한 초록색 성문.

그것을 흥미진진하게 관찰하는 리샤의 태도는 너무나 태연하고 느긋했다.

"……어휴."

왼쪽 어깨에 밴드를 도로 붙이고, 걷어 올렸던 소매를 다시 내리는 미스미스.

"자, 내가 보여줬으니까 이제는 리샤 차례야."

"응? 뭐~?"

"아까 이야기했잖아. 리샤가 성령술을 사용하는 거, 모두가 봤단 말이야."

빤히.

미스미스가 눈썹을 치켜들고, 자신의 오른쪽에 앉아 있는 리샤를 말없이 쳐다봤다.

"맞아요."

이어서 말한 것은 시스벨이었다.

한가운데 자리에 앉아 있는 사람이 리샤였고, 그 좌우에는 미스미스와 시스벨이 있었다.

맞은편에 앉아 있는 사람은 진과 네네. 그리고 밖으로 나가는 문과 가장 가까운 곳에 이스카가 자리 잡고 있었다.

다섯 사람의 시선이 일제히 리샤에게 집중됐다.

"……으음~. 어, 그래."

리샤는 가죽 소파에 앉아서 다리를 꼬더니 힐끗 시스벨을 훔쳐봤다.

"실은 천제 폐하가 설명하실 예정이었는데."

"계속 시치미를 뗄 작정인가요?"

"아뇨, 아닙니다. 그럴 생각은 없다니까요."

시스벨이 째려보자 리샤는 겸연쩍은 것처럼 웃었다.

"그래, 미스미스랑 다른 애들도 다 알고 있고. 어차피 황청 측에도 들켰을 테니까 솔직히 고백해버릴까? 요컨대 제국 측에서 그런 것을 극비리에 연구했다는 거야. 인위적, 아니, 강제적으로 인간에게 성문을 부여하는 것을."

리샤가 손가락을 두 개 세워 보였다.

"그 연구 유형은 두 가지였어."

첫째, 성문은 생기지만 성령술은 사용하지 못하는 구식.

둘째, 성문이 생기고 성령술도 사용할 수 있게 되는 신식.

"아앗~!"

네네가 얼빠진 것처럼 소리를 지르면서 일어났다.

"그 첫 번째 유형은, 설마 이스카 오빠를 구출할 때……! 네네와 진 오빠가 시술받았던 그 인공 성문 아냐?!"

"아, 그거……? 제13주 알카트루즈에 갔을 때였지?"

진이 기막히다는 듯이 인상을 찌푸렸다.

"그러고 보니 황청 국경을 돌파하기 위해서, 수상한 기계로 몸에 성문을 새겼던 적이 있었어. 이봐, 사도성 씨. 그때 당신은 '피부만 마녀가 된 거야'라고 했었지?"

"응, 맞아. 그런데 성령술을 사용할 수 있는 것이 더 편리하잖아?"

리샤가 윙크했다.

"네네땅과 진진은 1번 실험. 내가 시도한 것은 2번 실험이었어. 단, 당연히 이것은 강제적인 수단이므로 금방 소멸해버려. 내 성령술도 사용 기간은 기껏해야 일주일 정도밖에 안 되고, 그 후에는 성문과 함께 사라지는 거야. 저기요, 시스벨 왕녀님."

"……왜요."

"이유가 뭐라고 생각하십니까? 그렇게 부여한 성문과 성령술이 일주일 만에 사라지는 이유."

"———."

휴.

황청의 왕녀가 살짝 숨을 내쉬었다.

"그 실험은『성령 에너지』를 부여하는 것이지,『성령 그 자체』를 부여하는 것이 아니니까요. 성령 본체를 직접 집어넣으면 저 미스미스 대장처럼 진짜 마녀가 되어버릴 테죠."

"우와?! 신속하고 정확한 대답!"

"……저를 무시하는 건가요?"

"아이고, 아니에요. 나름대로 아주 진지하게 찬사를 보낸 겁니다. 과연 마녀 공주님은 굉장하시구나~ 하고."

리샤가 만족스럽게 팔짱을 끼고 말했다.

"영구적으로 성령술을 쓸 수 있는 것은 확실히 편리하지만, 성령 본체를 몸속에 집어넣는 것은 그야말로 진짜 마녀가 되는 것이니까. 제국인인 나로서는 아무래도 선택할 수 없는 방법이죠."

"저도 물어보고 싶은 것이 있습니다."

리샤의 말을 이어받는 것처럼 시스벨이 말을 이었다.

"당신은 어디까지 알고 있는 겁니까?"

"내가요? 뭐를요?"

"미스미스 대장이 마녀가 됐다는 사실을 언제 알게 되었죠? 게다가 당신과 천제는 처음 등장했을 때부터 제가 누구인지도 알고 있었잖아요?"

"네, 그렇습니다."

"당신은 줄곧 저희를 감시했던 거죠?"

"어이쿠, 그건 오해인데요."

리샤가 장난스럽게 어깨를 으쓱했다.

"나는 미행도 감시도 하지 않았어요. 천제 폐하가 그런 능력을 가지고 계신 거죠."

"……천제의 능력이라고요?"

시스벨의 눈빛이 더더욱 험악해졌다.

단순히 의심하는 것이 아니라 경계하기 시작한 것이다.

"그게 무슨 뜻입니까. 저처럼 과거를 알 수 있다는 건가요? 아니면 현시점에서 발생하고 있는 일을 투시할 수 있다는 겁니까?"

"어, 그거랑은 좀 다른데요~."

반면에 리샤는 가볍게 하품을 하려다가 참으면서 말했다.

"천제 폐하의 후각이 일반인보다 아주 조금, 이 별에서 일어나는 성령의 활동에 민감하게 반응하는 것뿐이에요. 알고 싶은 것을 뭐든지 다 알아낼 수는 없고요. 오히려 그 반대입니다. 천제 폐하 스스로는 도저히 조사할 수 없는 것이 있어요."

"그래서 저를 주목했다는 거군요. 도대체 무슨 조사를 시키려는 거죠?"

"……천제 폐하의 제안은."

리샤가 손을 내밀었다.

반사적으로 흠칫하면서 몸을 움츠리는 시스벨. 그 어깨를 감싸는 리샤의 행동은 마치 서로 잘 아는 친구 같았다.

"시스벨 왕녀님? 사도성이 되어볼래요?"

"어, 뭐?!"

그렇게 소리를 지른 사람은 시스벨이 아니라――.

조용히 그 대화를 지켜보고 있던 미스미스 대장이었다.

"잠깐만, 리샤야?! 그게 무슨 소리야?! 아니, 저기, 시스벨 씨는 황청의 왕녀이고. 애초에 마녀인데…… 이스카 군, 사도성은 마녀도 될 수 있는 거야?"

"……글쎄요."

오히려 내가 물어보고 싶었다.

전혀 예상도 못 했던 비상식적인 제안이라, 나도 놀라서 머릿속이 하얘지고 말문이 막혀버릴 정도였다.

시스벨이 사도성이 된다고?

네불리스 황청의 왕녀에게 이런 권유를 한다는 것이 말이 되나?

"……무슨 의미인지 모르겠네요."

이번에는 시스벨도 반쯤 아연한 표정을 짓고 있었다.

"제국의 간부가 되라고요? 지금 저에게 황청을 배신하고, 제국이 우위를 차지하기 위한 정보를 조사하라는 겁니까? 그렇다면 대답은――――."

"뭐, 그 정도로 천제 폐하는 통이 크신 분이라서."

"?"

"우리 제국 측은 그만큼 정중하게 시스벨 왕녀님을 맞이하겠다는 뜻입니다. 천제 폐하가 알고 싶어 하시는 것도 황청의 비밀이 아닙니다. 제국의 정보이지요."

"제국의 무엇을 알고 싶어 하는 겁니까?"

"그것은――."

리샤는 상쾌한 미소로 응답했다.

그렇게 미소 지으면서 쳐다보는 대상은 제907부대 사람들이었다.

“이스캇치는 잘 아는 장소일 텐데, 제도의 깊숙한 지하에는 제국 의회라는 곳이 있어. 미스미스, 너도 알지?”

“……으, 응. 나는 구체적인 장소는 모르지만.”

“그야 당연하지. 제국 병사에게도 함부로 알려줄 수 없는 거거든. 제국군 사령부 내에서도 제국 의회의 장소를 아는 사람은 극소수야.”

안경 렌즈 너머에서——.

천제의 참모인 리샤의 두 눈이 바늘처럼 날카로워졌다.

“그곳은 이 세계에서 맨 처음으로 볼텍스가 생겨난 장소이니까.”

“……뭐라고요?!”

시스벨이 반사적으로 벌떡 일어났다.

도저히 가만히 있을 수 없었다. 왜냐하면 리샤가 언급한 그 비밀이야말로 그동안 시스벨이 진심으로 원하던 정보였기 때문이다.

″왜 하필 제도였을까.″

″100년 전에 무슨 일이 일어났는지. 하필이면 제도에서 성령에너지가 분출한 것도, 저는 우연이라고 생각하지 않아요.″

시스벨 본인이 말했었다.

100년 전, 세계 최초의 볼텍스가 「우연히」 생성된 곳이 제도였고.

거기서 분출된 대량의 성령 에너지를 뒤집어쓰는 바람에 마녀와 마인이 탄생했다. 시스벨은 그 과거를 확인해보고 싶어 했다.

"……저를, 그 제국 의회라는 곳까지 안내해준다는 거군요."

"네~ 그런 거예요, 시스벨 왕녀님. 천제 폐하가 알고 싶어 하는 것도 『그곳』에 있거든요. 단, 성가신 문제가 있어요."

리샤가 안경을 쓱 벗었다.

그리고 열차에 타기 전에도 보여줬던——경첩에 손가락을 걸고 안경을 빙글빙글 돌리는 손장난을 하면서, 제907부대 전원을 둘러보며 말했다.

"아무래도 훼방꾼이 올 것 같아."

"훼방꾼?"

진의 표정이 어두워졌다.

그 옆에 있는 네네와 미스미스 대장, 시스벨이 다 함께 고개를 갸웃거리는 가운데.

"앗! 제국 의회라면…… **설마!**"

오직 이스카만 식은땀이 목덜미를 타고 주르륵 흘러내리는 것을 느꼈다.

엄청난 오한이 들었다.

설마, 우리가 지금부터 대적해야 할 상대는———.

"리샤 씨, 그건 혹시……."

"응, 맞아. 제국 의회를 좌지우지하는 놈들이 있잖아? 우리가 시스벨 왕녀님을 데리고 가려고 하면, 틀림없이 그것을 방해하려고 할 놈들이 있어."

안경을 벗은 리샤의 입술이 위로 올라가면서 호전적인 미소를 그려냈다.

"팔대사도라는 놈들."

"?! 아니, 잠깐만. 사도성 씨……."
"후후, 진진. 진정해. 괜찮아~. 죽을 때는 나도 같이 갈 테니까. 가능한 한 죽지 않도록 노력해보자, 응?"
"……불온하기 짝이 없군."
진이 혀를 찼다.
네네와 미스미스 대장은 입을 다물었다. 그 무거운 분위기에서 위험함을 느낀 걸까. 시스벨이 머뭇머뭇 입을 열었다.
"저, 저기요, 이스카? 그 팔대사도란 것은 도대체……."
"제국 의회라는 것은『뚜껑』이야."
리샤가 이어서 한 말이 시스벨의 질문을 가로막았다.
리샤는 다시 안경을 쓰고, 자신의 발밑을 손가락으로 가리켰다.
"지하 깊숙한 곳. 제도의 지저에는 팔대사도가 감추고 싶어 하는 것이 잠들어 있어. 그래서 제국 의회라는 것을 지하에 만들어서 뚜껑으로 삼은 거야."
"……리샤 씨. 그 들키고 싶지 않은 것이 뭡니까?"
"그것을 이 왕녀님이 밝혀주셨으면 좋겠다는 거야. 이스캇치."
가볍게 시스벨의 어깨를 두드리는 리샤.

"기대할게요. 마녀 공주님. 뭐, 실은…… 켈비나의 연구소에 있었던 자료를 보고 대충 예상은 하고 있지만. 이제는 그것을 눈에 보이는 형태로———. 어, 어라?"

리샤가 놀라서 눈을 깜빡거렸다.

이곳에 있는 모든 사람의 시선이 집중되는 가운데, 리샤 본인도 의외란 표정을 지으면서 자기 품속에 손을 집어넣었다.

리샤가 꺼낸 것은 통신기였다.

"사령부한테서 연락이 왔네. 으음. 저번 회의를 빼먹은 것은, 이미…………………………………………… 시스벨 왕녀님."

"네, 뭐죠? 뜸들이지 말고 빨리 말해줘요."

"황청에서 지진이 발생했답니다."

"……네?"

"단, 지각 변동으로 추정되는 데이터는 전혀 관측되지 않았습니다. 볼텍스도 아닙니다. 그렇다면 이게 도대체 뭘까요."

통신기를 품속에 집어넣는 리샤.

그녀답지 않게, 이스카조차도 처음 보는 희미한 초조함이 배어 있는 표정이었다.

"……하필이면 **지금** 눈을 뜨다니. 귀찮게 됐네요, 천제 폐하."

Intermission
『알아차리는 자들』

the War ends the world /
raises the world

1

천수부――.

이 요새 내부의 경비는, 삼엄한 겉모습과는 달리 거의 무인(無人) 상태였다.

겨우 몇 명밖에 안 되는 사무원과 전기 기술자만 있었고 경비원은 없었다. 그 대신 철저한 방위 기능이 존재했다.

건물 내부에서 돌아다닐 수 있는 사람은 사도성을 제외하면 극소수의 예외밖에 없었다.

그럼 그 예외란 무엇인가?

정답은 「천제가 직접 허락한 사람」이다.

"날 속였구나아아아아아앗!"

분노의 고함을 지르면서 린은 천제의 방으로 뛰어들었다.

촉촉하게 젖은 머리카락. 뺨과 목덜미에 작은 물방울이 맺혀 있는 린. 놀랍게도 속옷만 입고 있는 황당한 모습이었다.

그 이유는 무엇인가 하면, 목욕하다가 도중에 뛰쳐나왔기 때문이다.

"야, 이 짐승아! 깨끗이 씻고 오라더니 뭐 하는 짓이냐!"

"씻고 싶다고 말한 사람은 너잖아, 마녀?"

다다미 위에 누워 있는 은색 수인.

천제 융메룽겐이 속옷 차림의 린을 힐끗 곁눈질하면서 말했다.

"이 천수부에서 돌아다닐 수 있도록 허가를 받은 황청 사람은 네가 처음이야. 좀 더 기뻐해도 될 텐데."

"……아, 그래. 분명히 욕실까지는 갈 수 있었어. 샤워 시설도 잘 사용했고."

"응, 그렇지?"

"그런데 그 샤워실에 어째서 감시 카메라가 붙어 있는 거냐?!"

옷을 벗고 샤워를 한 뒤.

슬슬 나갈까 하고 생각했을 때. 린은 그제야 겨우 샤워기에 부착된 극소형 카메라를 발견했다.

"……설마 내 알몸이 카메라에 찍혔을 줄이야!"

"너는 인질이니까. 어떤 행동을 하는지 지켜봐야지, 안 그래?"

천제 융메룽겐이 누워서 데굴거렸다.

그의 손에는 바로 그 샤워실을 촬영한 감시 카메라 영상이 들려 있었다.

"안심해도 돼. 네 알몸을 본 사람은 멜른밖에 없으니까."

"아니, 화내는 게 당연하잖아?!"

"후후. 네 성문이 그런 곳에 있을 줄은 몰랐어."

"웃지 마! ……둔부에 성문이 있는 게 뭐가 문제야?!"

다다미 위에서 힘차게 발을 구르는 린.

그런다고 상대가 동요할 리 없다는 것은 린도 잘 알고 있었지만.

"엿보기나 하는 이 변태야!"

"인간 관찰이야."

천제가 다다미 위에 책상다리로 앉았다.

그리고 옷 입을 시간조차 아까워하면서 뛰어온 린의 속옷 차림을, 머리끝에서부터 발끝까지 자세히 훑어보더니.

"흐~음."

"……보지 마. 불쾌하니까."

"그럼 빨리 옷을 입으면 되잖아."

린의 가차 없는 말투에도, 은색 수인은 오히려 우습다는 듯이 어깨를 떨면서 웃었다.

"옷을 입지 않은 인간의 육체를 보는 것은 오랜만이다. 어, 보다시피 멜른의 몸은 이렇거든. 자신이 인간이었던 시절이 어땠는지 잊어버릴 것 같아."

"…………."

가정부 같은 옷을 입고.

린은 새삼스레 눈앞에 있는 「괴물」과 마주 봤다. 은색 모피로 뒤덮인 몸뚱이와 여우를 연상시키는 두툼한 꼬리.

이렇게 가까이에서 봐도 도저히 인간이란 느낌이 들지 않았다.

"이봐, 짐승아. 슬슬 가르쳐줘라. 너는 도대체 뭐냐?"
"그게 무슨 뜻이야?"
"……나로서도 달가운 것은 아니지만, 어쨌든 네가 천제란 것은 일단 믿어주마."
그런데 **그 모습은 대체 뭐냐**?
인간이었던 시절이라고?
"너는 본디 인간이었던 것이냐?"
"응, 절반은 그랬지."
자신의 관자놀이를 손가락으로 쿡 찌르는 천제 융메룽겐.
"멜른은 인간과 성령이 뒤섞인 존재야."
"뭐라고?"
"'너는 본디 인간이었냐?'라고 묻는다면 인간 멜른으로서는 '그렇다'고 대답할 테지만, 성령의 입장에서는 '아니다. 본디 성령이었다'라고 대답할 거야. 왜냐하면 지금 멜른은 그 양자의 정신이 융합되어버린 상태이거든."
"……이상야릇하구나."
"시조 네뷸리스도 마찬가지야."
"?!"
천제의 그 한마디를 들은 순간——.
린의 뇌리에 떠오른 것은 시조가 아니라, 초월의 마인 샐린저였다.

″제3차 통합『인간과 성령의 통합』.″

″이 별에서 자기 힘으로 거기까지 도달한 사람은 겨우 두 명.″

인간과 성령의 통합.

그 완성형이 이렇게 눈앞에 있는 것이었다.

"……그랬구나!"

식은땀이 뺨을 타고 흘렀다.

왜 지금까지 알아차리지 못했을까. 그때는 아무런 관심도 없이 무시해버렸던 샐린저의 그 말이, 이토록 중대한 의미를 가지고 되살아날 줄이야.

"……천제 융메룽겐."

린은 말라붙은 목구멍에서 필사적으로 소리를 밀어냈다.

"너도 과거에는 인간이었다. 그랬는데…… 어떤 일을 계기로, 그런 모습으로 변했다. 그리고 시조님도 마찬가지. 그래서 100년 동안이나 변함없는 모습으로 쭉 살아올 수 있었던 거구나!"

"————."

책상다리로 앉은 채 린을 쳐다보는 천제.

그 시선이 천장으로 이동했다.

"이 육체, 이 정신이 싫은 것은 아니야. 하지만…… **도대체 누구 때문에 이렇게 되었는지**, 그걸 모르고 넘어가면 짜증 나잖아?"

"……? 그 모습은 네가 스스로 원한 결과가 아니라는 거냐?"

"뭐, 대충 짐작은 가지만."

짐승의 웃음.

천제는 날카로운 송곳니를 드러내면서 사납게 웃었다.

"그래서 마녀 공주 시스벨이 필요한 거야. 별의 기억을 되살릴 수 있는 성령…… 100년 전, 멜른을 이런 모습으로 만든 놈들을 찾아내야 하거든."

2

제국 의회.

별명 「보이지 않는 의사(意思)」.

그 어떤 지도에도 의사당 위치가 표시되어 있지 않아서 그런 별명이 붙은 것이다.

——제도의 지하 5,000미터.

온도는 무려 150도.

미생물이 간신히 생존할 수 있을락 말락 한 심연. 이렇게 지하의 깊숙한 곳을 선택한 이유는 네뷸리스 황청의 눈을 피하기 위해서……가 아니라.

——여기가 가장 시원(始原)의 볼텍스와 가깝기 때문이었다.

제국 의회는 「뚜껑」이었다.

네뷸리스 황청도, 또 제국 사람도 결코 단 한 명도 「그곳」에 접근하지 못하도록 만들어놓은 **감시 기지**.

『마녀 공주가 극동 알트리아를 떠났다.』

『제도까지는 앞으로 두 개의 주요역을 경유할 텐데, 내일 저녁에는 제도에 도착할 거야.』

드넓은 회장.

그 벽에 설치되어 있는 모니터에 나타난 것은, 여덟 사람의 어렴풋한 윤곽이었다.

팔대사도.

의회를 총괄하는 최고 권력자들. 직접적인 정치에는 관여하지 않는 천제를 대신해, 제국의 전권을 실질적으로 쥐고 있었다.

그 여덟 사람이——.

술렁이고 있었다.

『동행하는 사람은 리샤, 그리고 흑강의 후계자 이스카.』

『……리샤. 역시 그런 건가.』

『천제의 보좌관이 붙어 있다는 것은, 역시 천제가 눈치를 챘다는 뜻이야. 그날 그 사건, 우리의 관여를 눈치챈 걸까.』

마녀 공주 시스벨이 제도로 접근하고 있다.

천제 융메룽겐이 원하는 것은 100년 전에 탄생한 볼텍스의 진상을 알아내는 것.

하지만 그것은——.

팔대사도에게는 몹시 달갑지 않은 일이었다.

『우리의 관여는 100년 전, 성령 에너지 분출에 의해 모든 증거가 사라졌어.』
『마녀 공주…….』
『그 마녀만 제거한다면, 천제가 아무리 애써도 100년 전의 진실에는 도달할 수 없어.』

『──조용히 해.』

그 순간, 좌중이 쥐 죽은 듯이 고요해졌다.
모니터에 나타나 있던 여덟 남녀의 윤곽. 그중 하나가 돌연 사라진 것이다.
일곱 사람의 실루엣밖에 없었다.
이 광경을 봤더라면, 제국 의회 의원들은 누구나 다 똑같이 눈을 의심했을 것이다.
도대체 무슨 일이 일어난 거지? 하고.
『「루크레제우스」가 출동했다.』
『만사의 진척에 지장은 없어. 마녀 공주, 그리고 흑강의 후계자를 제거하기만 하면 돼. 별의 심연은 우리가 찾아오기를 기다리고 있───음?』
치직.
모래 폭풍 같은 노이즈로 인해 팔대사도의 영상이 심하게 흔들렸다.
전파 장애?

아니다.

『……거대한 성령 에너지?』

『장소는 중앙주 네뷸리스 왕궁 지하 주변. 그런데 볼텍스라고 하기에는 에너지 분출이 너무 갑작스러워…… 이건, 설마…….』

웅성거리는 팔대사도.

머나먼 이 제국까지 전해져 오는 너무나 강력한 성령 에너지.

『이것은…….』

『시조, 너냐!』

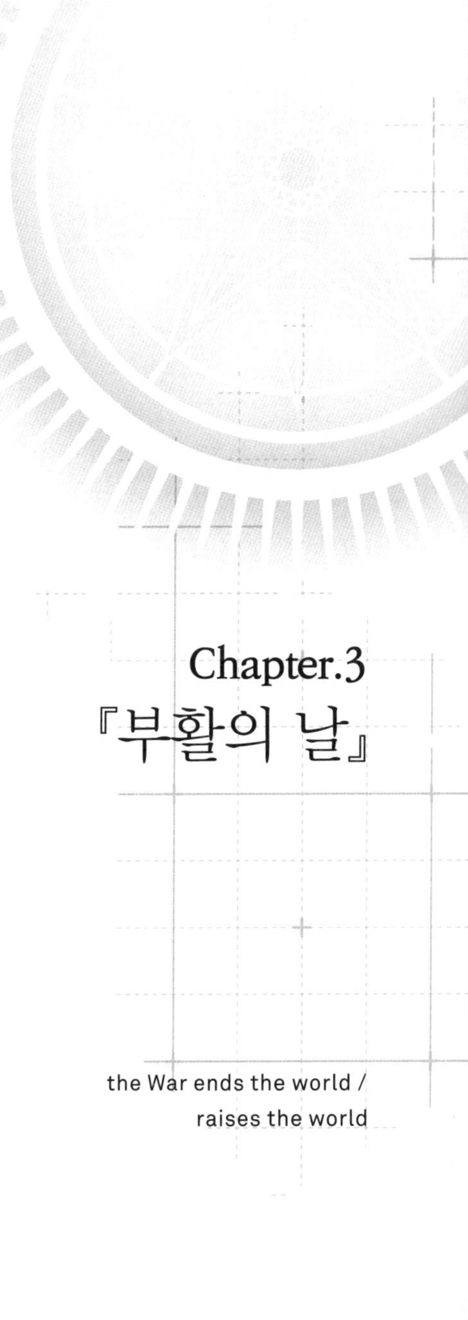

Chapter.3
『부활의 날』

the War ends the world /
raises the world

1

시조 네뷸리스.

과거에 제도를 불바다로 바꿔버렸던 가장 오래된 최강의 성령술사.

제국은 성령술사를 마녀라고 부르며 두려워하는데, 특히 대마녀라고 불리는 자는 이 시조밖에 없었다.

"……이 세상에서 가장 격렬한 분노다. 제국을 멸망시키기 위한."

억누를 수 없는 기쁨에 의해 떨리는 목소리로 그렇게 말하면서 머리 위를 우러러보는 가면 경.

너무나.

너무나 갑작스러운 일이었다.

지저 호수를 흔드는 땅울림이 발생한 뒤, 가면 경의 눈앞에서 「소녀」가 눈을 뜬 것이다.

"……시조님."

깨진 유리 관.

그 파편이 마치 파티용 꽃가루처럼, 강력한 성령 에너지의 기류에 휘말려 허공에서 끊임없이 흩날리고 있었다.

"……아름다워."

빨강에서 노랑, 노랑에서 초록, 초록에서 파랑으로 변해가는 성령 에너지.

그 빛이 비추는 가운데.

진주색 머리카락을 휘날리는 갈색 소녀가 유리 관 속에서 천천히 몸을 일으켰다.

"……뵙게 되어서 영광입니다. 시조님."

그 소녀를 보면서 한쪽 무릎을 꿇고 고개를 숙였다.

시조.

의심의 여지가 없었다. 이미 약해지고 있었지만, 각성의 순간에 방출된 그 성령 에너지의 신성함을 본다면 그 누구도 의심하지 못할 것이다.

"……………………."

가면 경 앞에 서는 소녀.

닳아빠진 외투 사이로 보이는 마른 몸은 햇볕에 타서 갈색이었다. 아직 너무 어려 보였다. 외모만 보면 나이는 겨우 13~14세 정도일 것 같았다.

그 시조가 어두운 지저 호수를 한 바퀴 둘러보더니.

"……여기는 왕궁 지하인가."

"네, 그렇습니다."

그는 깊이 고개를 숙였다.

가면 아래에서 입술이 저절로 초승달처럼 올라가는 것을 막을 수 없었다.

왜 하필 지금인가?

이 최강의 성령술사가 눈을 뜬 이유는 무엇인가?

그런 것 따윈 아무래도 좋았다.

제국에 대한 복수. 그리고 당주 그로울리 탈환을 간절히 바라는 조아에게는, 시조의 수수께끼를 하나부터 열까지 낱낱이 알아내는 행위는 무의미했다.

——감정만 있으면 된다.

제국에 대한 복수라는「분노」의 감정만 공유할 수 있다면, 그것으로 이미 충분하고도 남았다.

"인사가 늦었습니다. 저는 조아 가문의 당주 대리인인 온이라고 합니다."

"조아?"

"시조님의 누이동생이신 초대 여왕님은 세 명의 자식을 낳으셨습니다. 그들이 각각 오늘날에는 루 가문, 조아 가문, 히드라 가문이라는 3대 혈족으로 갈라지게 되었습니다."

"————."

시조가 입을 다물었다.

10대 초반이라는 외모에 어울리지 않게 복잡하고 어른스러운 표정이었다.

"……그런 것은 관심 없다."

"네, 저도 십분 동감합니다. 시조님에게는 현대의 왕정 따위는 사소한 일에 불과하지요."

일어났다.

작은 소녀를 향해 꾸벅 인사하더니, 가면 경은 손가락을 딱 튕겼다.

"당장 저희 혈족을 소집하겠습니다. 시조님의 수족으로——."

"필요 없다."

"그게 무슨 말씀이십니까?"

"…………."

진주색 머리카락을 휘날리는 소녀가 힐끗 가면 경에게 눈길을 줬다.

"나 혼자 간다. 제도를 전부 태워———."

"기다려!"

청순가련한 목소리가 이 바위투성이 지저 호수에 울려 퍼졌다.

이어서 들려오는 발소리.

"……!"

금발 소녀가 숨을 몰아쉬면서 달려오는 모습을 본 순간, 가면 경은 속으로 가볍게 혀를 찼다.

이만한 규모의 땅울림이었으니까.

누군가가 올 거라고는 생각했지만, 설마 제일 귀찮은 상대가 맨 먼저 알아채고 올 줄은 몰랐다.

"오, 무슨 일이지? 그렇게 다급한 얼굴로 뛰어오다니."

그런 속내는 조금도 드러내지 않고.

가면 경은 최고로 환한 미소를 지으며 상대를 맞이했다.

"―――앨리스 군."

20분 전.

"……헉…… 으윽…… 아아, 하필 이런 때에!"

앨리스는 숨을 거칠게 쉬면서 여왕궁 계단을 뛰어 내려가고 있었다.

엘리베이터가 작동하지 않았다.

이 네뷸리스 왕궁은 「별의 요새」. 각 층을 연결해주는 엘리베이터도 전기가 아니라 성령 에너지로 움직이고 있는데, 그것이 돌연 정지된 것이다.

……성 전체의 성령 에너지가 흐트러졌어.

……제국군이 쳐들어왔을 때도 이런 일이 생기진 않았는데?!

좀 전의 흔들림 이후로 이렇게 됐다.

지면이 뒤집힐 듯한 진동이 발생하더니, 그다음부터 이 왕궁에 떠도는 성령 에너지가 흐트러지기 시작했다.

"……정말로 그 시조인 건가요……? 어마마마!"

여왕은 이곳에 없었다.

우선 **정찰** 임무는 딸 앨리스에게 맡기고, 본인은 홀에서 총괄 지휘를 하고 있었다.

그러므로——.

더더욱 내가 달려가지 않을 수 없었다.

"웃기지 마! 두 번 다시 그런 존재를 눈뜨게 놔둘 수는 없어!"

한번 상대해봤기 때문에 잘 알고 있었다.

시조 네뷸리스는 결코 황청의 아군이 아니다. 절대로 이 나라의 구세주가 아니다.

복수심에 사로잡힌 재앙이다.

″제국을 소멸시킬 것이다.″

″나는 마녀이고, 너희들은 적이다.″

제국만 멸망시킬 수 있다면 뒷일은 아무래도 좋다.

그 외에 아무리 심각한 희생이 발생하더라도, 제국과는 무관한 사람들이 그 공격의 여파에 의해 다치더라도 전혀 개의치 않는다.

시조 네뷸리스는 그런 마녀였다.

……그건 아니잖아. 아니라고!

……내가 원하는 미래는 그런 것이 아니야!

그래서 막으려고 하는 것이다.

"린……."

이런 때 린이 곁에 있었으면 얼마나 마음 든든했을까.

입술을 꽉 깨물고 계단을 끝까지 내려갔다.

지하로 이동.

왕족들만 출입할 수 있는 비밀통로를 질주했다. 그 통로 끝에는 거친 바위와 새파랗게 빛나는 물이 샘솟는 광경이 펼쳐져 있었다.

──지저 호수.

시조를 다시 봉인하기 위한 장소로서 여왕이 직접 지정한 곳이었다.

그곳에 한 발 들여놓은 순간.

앨리스의 풍성한 금빛 머리카락이 곤두설 정도로 세찬 빛과 바람이 휘몰아쳤다.

"……이 기류는 뭐지?!"

이 얼마나 사납고 거대하고, 또 강력한 분노로 가득 찬 성령 에너지인가.

저절로 알 수밖에 없었다.

이 지저 호수에서 무슨 일이 일어났는지. 아니, 무슨 일이 일어나고 말았는지.

"기다려!"

목이 터져라 외쳤다.

"오, 무슨 일이지? 그렇게 다급한 얼굴로 뛰어오다니."

또렷하고 명랑한 남자 목소리가 메아리쳤다.

가면을 쓴 남자가, 숨을 헐떡거리는 앨리스를 환영하는 것처럼 양팔을 벌렸다.

"――――앨리스 군."

"……가면 경."

눈앞에 있는 남자를 노려봤다.

"당신이 한 짓입니까?"

"내가? 아니, 말도 안 되는 이야기야. 이것은 시조님이 본인의 의지로 하신 일이다."

가면 경이 가리킨 곳에는 유리 관이 있었다.

그 부서진 파편들의 중앙에 진주색 머리카락을 휘날리는 소녀가 서 있었다.

공허.

그렇게밖에 표현할 수 없는, 감정이 결락된 눈빛으로 이쪽을 마주 봤다.

"……시조님."

늦었구나.

이미 일어난 그 모습을 보고 앨리스는 씁쓸하게 입안의 살을 씹었다.

"……오랜만입니다."

"――――."

시조는 침묵했다.

그러더니 마치 앨리스의 존재 따윈 없는 것처럼 시선을 딴 데로 돌렸다. 연약한 맨발로 바위 위를 걷기 시작했다.

"읏! 머, 멈춰!"

고함을 질렀다.

지저 호수에 몇 번이나 메아리치도록 큰 소리로.

"시조 네뷸리스, 당신이 밖으로 나가는 것은 허락할 수 없어!"

"…………."

갈색 소녀가 걸음을 멈췄다.

시간이 멈춘 것 같았다.

앨리스가 그런 착각에 빠질 정도로 천천히 시간을 들여, 몹시 나른한 동작으로 이쪽을 돌아보더니.

"너냐."

"저를 기억해주신다니 영광이네요. 그리고 저도, 당신이 눈을 뜨는 바람에 얼마나 고생했는지는 똑똑히 기억하고 있습니다."

린이 자신을 지켜주고 대신 쓰러졌었던 것도.

무수한 불티들이 중립도시 에인으로 쏟아졌던 그 전화(戰禍)의 풍경도.

여전히 앨리스의 머릿속에 들러붙어 사라지지 않았다.

"……제국을 멸망시킬 생각이시죠?"

"그 외에 무엇을 하겠느냐?"

"단지 그뿐이라면, 당신을 막을 이유는 없습니다."

자기보다 훨씬 몸집이 작은 소녀——.

동생 시스벨보다도 어렸다. 그런데도 그 무기질적인 눈동자

가 이쪽을 쳐다보기만 해도 앨리스의 등골에 식은땀이 주르륵 흘렀다.
한계를 알 수 없었다.
도대체 얼마나 많은 힘을, 얼마나 많은 증오를, 이 작은 육체 속에 가둬놓고 있는 걸까.
"현대의 여왕 대리인으로서 말씀드립니다! 시조님, 당신의 분노는 황청의 미래에 도움이 되지 않아요. 당신은 제국을 멸망시키기 위해 동료들까지 한꺼번에 희생시키는 사람이야!"
주먹을 불끈 쥐었다.
"당신의 힘은 필요 없어."
가장 오래된 최강의 마녀에게 도전한다는 중압감. 숨이 막힐 듯한 압박감을 느끼면서도 앨리스는 힘겹게 목소리를 쥐어짜냈다.
"세계통일이라는 꿈은 내가 실현할 거야. 당신과는 다른 방식으로!"
"――――――――."
기나긴 침묵.
앨리스의 목소리가 지저 호수의 바위에 부딪쳤다가 잔물결처럼 사라져갔다.
얼마나 시간이 흘렀을까.
……휴 하고.
갈색 소녀의 입술에서 흘러나온 것은 생기 없는 한숨이었다.

"꺼져라, 소녀야."

그 한마디와 동시에——.
앨리스의 눈앞은 새빨간 불꽃으로 뒤덮였다.

2

제국령.
제21도(都) 글라스나하트.
여기서 이 특급 열차의 최종 목적지인 제도까지는 이제 100km쯤 남았는데——.
"아~ 피곤하다……."
데굴.
미스미스가 주요역 벤치에 누워서 한숨을 푹 내쉬었다.
"아무리 쾌적한 룸이어도, 하룻밤 내내 흔들리는 차를 타고 가니까 역시 피곤하네……. 제도가 참 멀어……."
"이제 거의 다 왔잖아."
진이 벤치 옆에 서서 말했다.
플랫폼에 정차 중인 특급 열차를 힐끔 보더니.
"이 주요역을 출발하면 그다음부터는 제도까지 직행이야."
"……어?"

그런 대화를 대충 들으면서.

이스카는 문득 역 플랫폼을 둘러봤다. 이곳에 있는 사람은 세 명뿐이었다. 자신과 진과 미스미스 대장. 같이 있었던 네네와 시스벨은 보이지 않았다.

게다가 리샤도 없었다.

"미스미스 대장님? 우리 말고 다른 사람들이 안 보이는데요?"

"아~ 리샤는 볼일이 좀 있다면서 주요역 밖으로 나갔어. 열차가 출발하기 전까지는 돌아온다고 했어."

"그럼 시스벨과 네네는요?"

"……여…… 여기, 있어요……."

얼굴이 창백해진 시스벨이 특급 열차 안에서 나타났다.

네네의 부축을 받으면서, 마치 심각한 숙취에 시달리는 회사원처럼 흐느적흐느적 걷고 있었다. 비틀비틀 당장이라도 넘어질 것처럼 걸으면서 벤치까지 다가왔다.

"…………멀미가 나서요…… 아아, 네네 씨, 폐를 끼쳐서 미안해요."

그러더니 벤치 위로 쓰러졌다.

미스미스 대장이 누워 있는 바로 그곳으로.

"흐악?!"

"아…… 미스미스 대장. 그런 데 누워 있으면 깔리잖아요. 조심하세요."

"벌써 깔렸잖아?! 내 코가, 시스벨 씨의 엉덩이 밑에!"

미스미스 대장이 벌떡 일어났다.

그런데 그때 미스미스의 손가방에서 조그만 착신음이 들려왔다.

"……어? 뭐야, 누가 연락했네?"

사령부인가.

아니면 주요역 밖으로 나간 리샤인가. 그런 생각을 하면서 미스미스는 통신기 모니터에 얼굴을 가까이 대고 말했다.

"네, 미스미스입니——."

『느리네. 아직도 제도에는 못 온 거야?』

"끼야아아아아아아악?!"

미스미스가 괴성을 지르며 펄쩍 뛰었다.

들고 있던 통신기를 무심코 던져버릴 정도로 깜짝 놀랐다. 하긴, 그것도 당연했다. 통신기 모니터에 나타난 것은 **인간이 아니었기 때문이다.**

은색 모피로 뒤덮인 수인.

그런 것이 모니터 너머에서 이쪽을 쳐다보고 있으니, 미스미스 대장이 놀라는 것도 이해가 갔다.

"어……어, ……저, 저기…… 어, 그게요!"

『……아하하. 놀랐어? 멜른의 생김새가 그렇게 무서워?』

천제 융메룽겐.

상대가 자기를 보고 무서워하는데도, 그런 반응조차 재미있어

하는 장난스러운 태도로 이야기를 계속했다.

『시스벨 왕녀는 잘 오고 있지?』

"여, 여기 있어요!"

힘없이 주저앉아 있던 시스벨이 눈을 부릅떴다.

미스미스 대장의 통신기에 얼굴을 바싹 들이대고 천제를 잡아먹을 듯이 노려봤다.

"저는 어디로 도망치거나 숨지 않을 거예요! 이제 제도까지는 거의 다 왔어요……. 어, 으음, 아, 네. 지금은 제22도 갈라스마하하에 있어요."

"제21도 글라스나하트다. 제대로 아는 게 하나도 없군."

"시, 시끄러워요, 진…… 아무튼! 이봐요, 천제!"

『응, 왜?』

"……린은 무사하죠?"

어금니를 꽉 깨무는 시스벨.

"저의 능력이 필요하다고 들었습니다. 이것은 교환조건이에요. 린을 무사히──."

『지금 보여줄게.』

"네?"

영상이 바뀌었다.

천제에서, 천제 바로 옆에 앉아 있는 갈색 머리 소녀의 모습으로.

"린?!"

『……시스벨 님.』

"린, 무사했군요!"
『……가혹한 대우를 받고 있지는 않습니다. 이 방 안에만 머문다는 조건으로 이제는 수갑도 안 차고 있습니다……만.』
카메라에 잡힌 린이 이쪽을 보면서 이를 악물었다.
『……이런 노리개 취급을 당하는 것이 분할 따름입니다. 시스벨 님, 저는 걱정하지 마시고 부디 자신의 안전을 최우선으로──.』
『좋아, 장군이다.』
『앗?! 야, 이 자식아!』
시스벨과 제907부대의 눈앞에서.
카메라 너머의 린이 갑자기 허둥지둥 천제를 돌아봤다.
『이로써 멜른의 31연승이야. 나 참, 큰소리만 치더니 별것 아니구나.』
『네 이놈, 비겁하다! 내가 시스벨 님과 이야기하는 사이에 말을 움직이다니. 그러고도 네가 제국의 지도자냐?!』
『어휴……. 정말이지, 자꾸 큰소리만 치네.』
『뭐라고?! 그럼 다시 한번 하자, 이번에야말로 네놈의 그 얄팍한 미소를 엉망진창으로 만들어──.』
"……저기요, 린?"
모니터 너머의 포로를 내려다보는 시스벨이 한숨을 크게 내쉬었다.
기운이 쭉 빠진 표정이었다.
"……당신은 포로인데도 여유가 있어 보이네요. 이제 슬슬 열차가 출발할 시각이니까 이만 끊을게요. 앞으로도 쭉 건강하게 잘 지내세요."

"거봐요~. 걱정할 필요 없다고 했잖아요. 시스벨 왕녀님?"

탄산음료 캔을 한 손에 들고.

리샤가 느긋한 걸음걸이로 다가왔다.

"아, 통신은 이제 끝내도 돼요. 저쪽의 포로가 건강하게 잘 지낸다는 사실은 이미 충분히 아셨을 테니까요."

"……네. 기가 막힐 정도로 건강해 보이더군요."

시스벨은 미스미스에게 통신기를 다시 던져주고 나서 탄식했다.

"린은 그냥 내버려 두고 황청으로 돌아가고 싶어졌어요."

"그러시면 곤란해요. 자, 그러면. 이리 와보세요."

리샤가 손짓했다.

그녀가 가리킨 것은 플랫폼에 서 있는 특급 열차……가 아니라, 플랫폼 안쪽에 있는 개찰구였다.

"렌터카를 준비해놨으니까요. 그걸로 갈아타세요."

"네? 그게 무슨 소리예요?"

시스벨은 미스미스의 푸념을 무시하고 리샤를 날카롭게 쏘아봤다.

"제도로 가는 거 아닌가요? 이 특급 열차를 타면 앞으로 몇 시간 후에는 도착할 수 있을 텐데요."

"네, 그렇죠."
"……그 렌터카를 타고, 나를 어디로 끌고 갈 셈입니까?"
"아하하, 왜 또 그렇게 살벌하게 말씀하세요?"
리샤가 느긋하게 손을 흔들면서 말했다.
"당연히 목적지는 제도입니다. 단, 들르고 싶은 곳이 있어서요."
"그게 어디입니까?"
"…………."
쿡쿡.
천제의 참모는 입가에 짓궂은 미소를 머금었다.
"당신을 붙잡아놨던 미친 과학자 켈비나. 기억하세요?"
"그걸 어떻게 잊어버리겠어요?"
"그럼 그 여자의 연구소가 아직 남아 있다면, 어떻게 하실래요?"
"……뭐라고요?!"
"설명은 차 안에서 할게요. 자, 이스캇치도 그렇게 험악한 표정 지을 필요 없어. 진진도 네네땅도, 미스미스도."
그 말을 남기고 리샤는 의기양양하게 개찰구 밖으로 나가버렸다.
"……어, 어쩌죠?"
"어쩌긴 뭘 어째."
시스벨이 조그맣게 속삭이자, 진이 한숨 섞인 말투로 대꾸했다.
"제도로 향하기 전에 심부름 좀 하라는 거지. 어차피 천제가 관여한 안건일 거야. 여기서 우리가 딴짓을 좀 해도, 천제도 화내지는 않을 거야."

"……저는 린을 구출하는 것 외에는 관심이 없지만요."

그러더니 시스벨은 제자리에서 팔짱을 꼈다.

"그 여자의 연구소가 아직 남아 있다는 것은 기분 나쁘네요. 그 여자의 연구는 성령에 대한 모독 그 자체입니다. 황청의 왕녀로서 그냥 내버려둘 수는 없으니, 그것을 완벽하게 파괴해서 이 세상에서 없앨 거예요. 이스카가."

"내, 내가?!"

"저는 힘쓰는데 소질이 없으니까요. 당신만 믿을게요."

"……제멋대로구나."

"자, 갑시다!"

얼른 발걸음을 떼는 시스벨.

가볍게 휘날리는 불그스름한 금빛 머리카락. 그 뒤를 따라서 이스카는 역의 개찰구를 통과했다.

한 시간 뒤――.

6인승 대형 렌터카 뒷좌석에서.

"……이봐요, 리샤인지 뭔지 하는 당신."

"네, 왜 그러십니까? 시스벨 왕녀님."

"이 도시의 어디에 연구소가 있다는 거죠? 지금까지 차를 타고 한 시간 넘게 달려왔는데, 어디를 봐도 고층 빌딩밖에 없잖아요."

"그런 식으로 위장한 걸까요? 건물들 속에 숨겨놓은 걸지도 모르죠?"

"왜 의문형이에요……?"

"어, 실은 나도 좀 전에 연락을 받고 처음으로 알게 된 거라서. 아, 네네땅. 100m쯤 더 가다가 교차로가 나오면 우회전해."

조수석에 앉아 있는 리샤.

네네에게 운전을 맡긴 채, 본인은 목적지까지 안내하는 역할을 맡고 있었다.

"있잖아, 미스미스. 기억해? 너희들이 찾아낸 미친 과학자의 연구소. 그 지하에 수상한 단말기가 잔뜩 있었잖아?"

"아, 맞아! 시스벨 씨를 수색하느라 그쪽에는 신경 쓸 정신이 없었지만."

"그거 안 건드려서 다행이야. 패스워드를 잘못 입력하면 연구소가 통째로 폭발하게 되어 있었던 것 같거든."

"뭐엇……?!"

"응, 그래서 제국군 정보 부대의 정예들이 출동했어. 하룻밤에 걸쳐 신중하게 단말기의 데이터를 꺼냈는데, 그걸 봤더니——."

"다른 연구소가 있다는 사실이 밝혀졌다는 거지? 그곳이 우리의 목적지인가."

차창 너머를 바라보는 진.

반쯤 열린 창문에서 들어오는 바람이, 깔끔하게 세운 그 은빛 머리카락을 흔들었다.

"그런데 사도성 씨. 그 외의 사항은 어때? 그 연구소가 위험한지 어떤지, 적어도 그 정도는 대충 추측했을 거 아냐?"

"________."

"이봐."

"아마 위험할 거야."

"……!"

진이 미간을 찌푸렸다.

평소처럼 말투 자체는 가벼웠지만, 그렇게 말하는 리샤의 음성에서는 심상찮은「무게」가 느껴졌기 때문이다.

"그게 무슨 뜻이냐. 사도성 씨."

"어휴~ 진짜 네가 있어서 살았어. 이스캇치."

자동차 백미러를 통해.

조수석의 리샤가 뒷좌석을 보았다.

"든든한 전력이 있어서 다행이야. 나는 사도성 중에서도 전투에는 소질이 없는 편이라."

"……전 지금 엄청나게 싫은데요."

"응? 뭐야, 왜?"

"…………."

대답할 필요도 없었다.

사도성 클래스의 전력이 필요하다. 그것도 리샤 혼자서는 감당하지 못할 만큼 강력한 적이 우리를 기다리고 있다.

리샤가 '위험하다'라고 말한 것은 아마 그런 뜻일 것이다.

미스미스도, 네네도.

제국 병사가 아닌 시스벨까지도 입을 꾹 다물고 긴장한 기색을 보였다.

……그런데 대체 무엇이 기다리고 있는 걸까.

……그 미친 과학자가 또 다른 무언가를 연구했었던 걸까?

인간을「마녀」로 바꾸는 연구.

인간을「타천사」로 바꾸는 연구.

그리고 인조 성령이라고 불리던『카탈리스크의 짐승』.

그런데 또 뭔가가 더 있단 말인가. 천제의 참모인 리샤조차 경계할 정도로 대단한 것이.

"……보통 일이 아니군."

진이 짜증스럽게 혀를 찼다.

"그래서 뭔데? 사도성 씨. 그 연구소란 것은 어디 있어?"

"거의 다 왔어. 아, 네네땅. 거기 교차로에서 꺾으면 직진이야. 쭉~ 100m쯤 똑바로 가면 돼."

"응…… 어? 자, 잠깐만, 이거 뭐야?!"

교차로에서 좌회전하자마자 네네가 급브레이크를 밟았다.

차가 멈췄다.

위기일발이었다. 네네가 몇 초만 더 늦게 브레이크를 밟았더라면, 이 자동차는 제국군 바리케이드와 충돌했을 것이다.

"제, 제국군?!"

시스벨이 비명을 질렀다. 그 눈앞에는 삼엄한 철망 바리케이드가 쳐져 있었다.

거기 서 있는 것은 성령 대항용 방패를 든 제국군 무장 부대.

그들이 무려 수십 명 단위로 이 일대를 포위하고 있었다.

"아, 괜찮아, 시스벨 왕녀님. 신경 쓸 필요 없어. 이 병사들은 그냥 제삼자의 접근을 막으려고 하는 거니까. 구경꾼이나 기자나 카메라맨 같은 사람들이 못 오도록."

리샤가 가볍게 자동차 밖으로 뛰쳐나갔다.

이리 와~ 하고 손짓하자, 이스카 일행도 밖으로 나갔다.

"……윽. 정말로 차 밖으로 나갈 거예요?"

"괘, 괜찮을 거야. 시스벨 씨. ……아마도."

위축된 시스벨의 손을 잡아주는 미스미스. 그런 미스미스도 실은 경직된 미소를 짓고 있었다.

제국 병사는 동료이지만, 현재 미스미스는 마녀이니까. 혹시 제국 병사가 준비해놓은 성령 에너지 검출기에 반응하기라도 하면——.

"안녕~? 제군들, 오래 기다렸지?"

그러나 리샤는 그런 이스카 일행의 걱정을 날려버릴 정도로 밝은 태도로 무장 부대에게 다가갔다.

"론돌 대장, 사령부와의 통신은?"

"네, 했습니다! **공장** 포위 및 감시 카메라 설치는 완벽하게 끝냈습니다. 개미 새끼 한 마리도 놓치지 않을 겁니다!"

호명된 대장이 경례를 했다.

"1층 뒤편의 출입문은 정각 10:20에 잠금 해제가 완료됐습니다. 부하가 대기하고 있으므로, 언제든지 돌입 가능합니다."

"좋아, 수고했어. 아, 그리고 이 사람들은——."

리샤는 이곳에 있는 무장 부대를 힐끔 보더니, 이쪽을 향해 눈짓했다.

"나와 함께 돌입할 조사단이야. 기구 Ⅲ사 소속 제907부대. 네우르카 수해에서 **그 유명한** 빙화의 마녀를 격퇴한 부대이니까. 실력은 보증할 수 있어."

"네, 알겠습니다."

수십 명이나 되는 무장 부대의 시선이 우리에게 집중됐다.

이스카, 진, 네네, 미스미스 대장. 전부 다 사복 차림이었지만 제국군 신분증에 의해 소속은 확실히 증명되었다.

"리샤 님, 그 소녀는 누구입니까?"

"!"

제국군 대장이 내려다보자, 마녀 공주 시스벨의 어깨가 흠칫 떨렸다.

"보아하니 제국군 소속은 아닌 것 같습니다만."

"후후후. 그래, 대장도 궁금하지?"

리샤가 그런 시스벨의 어깨에 친근하게 손을 올리더니.

장난기 가득한 말투로 말했다.

"엄청난 극비 정보인데. 이 아이는 천제 폐하의 손녀인 시스벨 양이야."

"네?!"

"~~~~~~~~~~~~~~~~~~~~~~~~~~~?!"

눈이 휘둥그레지는 대장.

그의 눈앞에서 시스벨 본인의 얼굴이 순식간에 용암처럼 빨갛게 변하더니, 이어서.

"이, 이 무례한 것! 도, 도대체 누가 그런 인간도 아닌 털북숭이의…… 으읍?!"

"아~ 네, 손녀님. 목소리가 너무 크신 거 아녜요?"

리샤가 시스벨의 입을 손으로 막으면서 말을 이었다.

"당신은 천제의 손녀. 5년 후에는 추천을 받아 제국군 사령부에 들어갈 겁니다. 이번 일은 그것을 위한 현장 학습의 일환이니까요. 천제의 참모인 내가 여기까지 출장을 나온 것도, 그런 당신을 지도하기 위해서입니다."

"…………."

"옳지, 착하네요. 그대로 가만히 있어요, 알았죠?"

시스벨의 입을 막은 채 리샤가 윙크했다.

"어, 그래서 말인데. 대장. 이 아이는 천제 폐하의 추천으로 언젠가 사령부에 들어갈 예정이니까, 지금 미리 현장 경험을 시켜두라고 폐하께서 명령하셨거든."

"그, 그런 사정이 있었군요! 실례했습니다!"

대장과 그의 부하들이 허둥지둥 후퇴했다.

마치 바다가 갈라지는 것처럼, 길을 봉쇄하고 있던 무장 부대가 좌우로 갈라졌다.

"그럼 모험하러 가보자, 제군들."

"……나중에 실컷 불평할 테니까 각오하세요."
시스벨은 혼잣말같이 그렇게 중얼거리더니 리샤를 뒤따라갔다.
그 뒤를 제907부대도 따라갔는데——.
"옛날이야기를 해줄까요?"
바리케이드로 둘러싸인 길을 따라 걸으면서.
선두에 선 리샤가 문득 뭔가 생각난 것처럼 입을 열었다.
"이 나라의 제도는 100년 전 시조 네뷸리스의 반란으로 불타버렸습니다. 그리고 그 주위의 도시도 심각한 피해를 입었지요."
"……갑자기 무슨 이야기를 하는 거죠?"
시스벨의 말투가 날카로워졌다.
"100년 전의 제국이 피해자였다고 말하려는 건가요? 그런 식으로 따진다면 우리 성령술사를 차별한 것은 바로 당신들, 제국의——."
"**남아 있다는 거예요**. 자, 뭐가 남아 있을까요?"
"네?"
"전화로 인해 불타버려서 그대로 사용이 중단된 공장들이 남아 있다는 겁니다. 물론 현재의 제도는 깔끔해졌지만, 제도에서 조금만 벗어나도 오래된 폐공장이 그 부지까지 통째로 방치된 채 남아 있어요."
돌연 시야가 탁 트였다.
바리케이드가 이어져 있는 저 앞쪽에는 넓은 공터가 펼쳐져 있었다.

"어, 저기…… 리샤야?"

폐공장.

그 콘크리트 벽에 붙어 있는 「철거 예정」이란 벽보를 가리키면서, 미스미스 대장이 미심쩍다는 듯이 얼굴을 찌푸렸다.

"이 건물은 이제 곧 철거한다고 하는데. 여기가 진짜 중요한 연구소라면 철거할 리가 없잖아?"

"그런데 그 미친 과학자의 단말에는 이 건물의 주소가 들어 있었어."

잡초가 무성한 부지를 가로질러 나아가는 리샤.

뒷문으로 향했다.

쌍여닫이문이 찌그러진 상태로 억지로 열려 있었다. 희미하게 느껴지는 화약 연기 냄새. 입구를 지키고 있는 무장 부대가 잠금장치를 파괴하기 위해 화약을 사용한 것이리라.

"참고로 사령부가 조사해본 결과, 이 공장은 벌써 10년도 더 전부터 『철거 예정』이라고 알려져 있었대."

"……뭐?"

"어때, 폐공장 상태로 방치하기 딱 좋은 위장술이지?"

한산한 공장 내부로 들어갔다.

켈비나가 거점으로 삼았던 건물과는 딴판으로, 천장을 통해 들어오는 햇빛 덕분에 그 안은 놀랄 만큼 밝았다.

그리고 아무것도 없었다.

공장이라기보다는 그냥 넓고 텅 빈 창고 같은 분위기였다.

“……저기요, 아무것도 없는데요?”

먼지 쌓인 바닥을 내려다보는 시스벨.

“제가 붙잡혀 있었던 장소에는 그토록 많은 기계 단말과 성령 에너지를 내뿜는 수상한 기계로(機械爐)가 사방에 설치되어 있었는데.”

“시스벨 왕녀님, 솜씨를 한번 보여주시죠.”

리샤가 통신기를 꺼냈다.

그리고 사령부와 주고받은 듯한 메일을 들여다보면서 말했다.

“지금으로부터 43일 전, 오전 두 시. 우리가 방금 통과해온 길의 감시 카메라에, 그 미친 과학자처럼 보이는 여성이 이 공장으로 들어가는 모습이 찍혀 있었다고 합니다.”

“…………”

“시간은 정확히 알아냈습니다. 이 정도면 재현할 수 있죠?”

“……그런 거였군요.”

마녀 공주가 자신의 가슴에 손을 댔다.

가슴팍의 단추를 세 개 풀고, 쇄골 바로 밑에 붙여놓았던 밴드를 떼자――넓은 공장 안에서 은은한 성령광(星靈光)이 퍼져나갔다.

“――별이여.”

허공에 마치 영사기처럼 빛이 모여들어 한 인간의 모습을 그려냈다.

이 공장에서 목격됐다는 여성이었다.

"그대의 과거를 보여줘."

"왔네? 기다렸어."

여성 연구자 켈비나.

극동 알트리아 관할구에서 만났을 때와 똑같은 모습이었다. 몇 년이나 빗질을 안 한 것처럼 부스스한 붉은 머리카락, 어깨에 걸친 백의.

리샤의 말에 의하면 그것은 「43일 전」의 켈비나였다.

"……솔직히 말해서 두 번 다시 보고 싶지 않은 얼굴이네요."

시스벨이 입술을 깨물었다.

그러는 사이에도 등불의 성령은 계속 영상을 재생시켰고――.

그다음에 나온 것은 운송업자처럼 보이는 남자들이었다.

켈비나가 손짓하자, 그 2인조 남자들은 거대한 컨테이너 박스를 줄줄이 공장 안으로 가지고 들어왔다.

"조심해서 운반해줘. 귀중한 자재니까. 혹시나 떨어뜨려서 망가지면, 그 대가로 당신의 몸을 실험 샘플로…… 아, 아니다. 방금 그건 혼잣말이었어."

"이 안쪽이다."

……덜컹.

켈비나가 공장 내벽을 가리킨 순간, 벽이 쑥 들어갔다.

이중벽.

두 개의 벽 사이에 숨겨져 있던 비밀공간에는 지하로 이어지는 계단이 있었다.

"오~. 이거 정말 편리한 능력이네."

리샤의 입술에서 감탄의 음성이 흘러나왔다.

그녀는 눈앞에 있는 영상과 시스벨을 번갈아 쳐다보면서 말을 이었다.

"어휴, 진짜 무섭네요. 이렇게 편리한 정보 수집이 가능하다면, 네뷸리스 황청에서도 가신들이 당신을 두려워했을 것 같은데요. 안 그래요?"

"———."

"아차, 실례했습니다."

리샤가 혀를 쏙 내밀었다.

"아무튼 고생하셨습니다. 시스벨 왕녀님. 이스캇치, 이번에는 네 차례야. 이 벽을——."

굳이 말하지 않아도 알았다.

이스카가 묵묵히 뽑아든 흑강의 검이 내벽을 갈랐다.

부서지는 격벽.

돌멩이로 변해 우르르 무너지는 벽 너머에서, 지하로 이어지는 계단이 모습을 드러냈다.

영상으로 본 것과 똑같았다.

"자, 그럼 갈까요?"

리샤가 리드미컬하게 계단을 내려갔다.

이어서 시스벨이 이동했고, 그 뒤를 제907부대가 따라갔더니——.

모니터들로 가득 찬 홀이 나왔다.

이스카 일행이 한 발 들여놓은 그곳은, 모든 벽이 다양한 크기의 모니터들로 꽉 채워져 있는 거대한 방이었다.

수백, 아니, 천 개쯤 될지도 모른다.

천장도 벽도 거의 벽면이 안 보일 정도였다. 대량의 모니터들이 온 벽에 들러붙어 설치되어 있었다.

그것은 모두 다 지금도 가동 중이었다.

어느 모니터에서나 위에서 아래로 초록색 문자열이 끊임없이 출력되고 있었다.

"이것 참 이상하군. 극동 알트리아에서 봤던 연구소하고도 다르잖아?"

"……응, 그러게."

진의 중얼거림에 이스카는 살짝 고개를 끄덕였다.

여기는 도대체 뭘까.

……성령 연구소가 아닌가?

……저번에 봤던 켈비나의 연구 홀과는 너무나 달랐다.

"거대한 기계로가 설치되어 있는데——."
"이 은은한 청록색은 기계로 안에서 흘러나오고 있었다."

우리가 봤던 켈비나의 연구소는, 지저의 볼텍스에서 성령과 성령 에너지를 뽑아내서 거대한 기계로로 증식시키는 시설이었다.
그런데 이곳은 어떤가.
그런 기계로나 수송관 따위는 전혀 없었다.
무수히 많은 모니터가 벽을 꽉 채웠고, 그것과 연결된 케이블들이 나무뿌리처럼 복잡하게 뒤엉켜 바닥을 기고 있었다.
"……설마 이건, **관측 시설**인가?"
불현듯.
유난히 눈에 띄는 커다란 모니터를 우러러보면서 네네가 혼잣말하듯이 중얼거렸다.
"리샤 씨, 여기 있는 키보드, 건드려도 돼?"
"응, 돼. 네네땅."
"좋아, 그럼……."
네네의 손가락이 춤추는 것처럼 키보드를 두드렸다.
이스카로선 도저히 이해할 수 없는 수식과 문자열을 조합하더니. 그것을 수십 줄이나 입력한 결과.

"『제79차 보고서』"

이스카 일행의 머리 위.

마치 영화관 스크린같이 거대한 모니터에 표시된 보고 내용은──.

"팔대사도 여러분에게."

"별의 백성의 ■■ 재현, 샘플을 송부한다."

"……경사스러운 날이다. 피험자 V의 마녀화, 그리고 피험자 E라는 예상외의 존재를 거쳐서 내 가설은 90% 정도 실증됐다."

"**인간과 성령의 통합**에 관한 가설이다."

"성령을 지닌 인간을 「마녀」 「마인」이라고 부른다."

"이는 100년 전부터 알려진 사실인데, 47년 전, 카탈리스크 오염지에서 채취된 성령 에너지에 **묘한 불순물**이 포함되어 있다는 것을 나는 밝혀냈다."

"성령과 비슷하지만 다른 것."

"그 성질이 어떤가 하면, 이미 성령을 지닌 인간에게 깃든다. 즉, **이중 빙의를 일으키는 것**이다. 안타깝게도 아무에게나 빙의하지는 않으므로 적합자는 적은 편이지만."

"적합자들은 평범한 마녀나 마인을 훨씬 능가하는 힘을 얻게 되는 듯하다."

″단, 그 힘의 대가로 외모가 이형(異形)으로 변화한다.″
″내가『피험자』라고 부르는 자들이다. 참으로 흥미롭다.″

“……이건…….”
모니터에 출력된 문자들을 쳐다보는 진. 그 미간에 주름이 잡혔다.
“히드라 가문의, 비소와즈인지 뭔지 하는 괴물의 정체인가? 성령을 지니고 있어서 그런 게 아니라. **성령 이외의 무언가를 지녔기 때문에** 그런 모습이 되었다……는 뜻이지……?”
“……네네도 그런 내용이라고 해석했어.”
고개를 끄덕이면서 조그맣게 갈라진 목소리로 동의하는 네네.
그 옆에서는 미스미스 대장은 물론이고 시스벨까지도 눈조차 깜빡이지 않고 모니터를 뚫어지게 쳐다보면서 멍하니 서 있었다.
유일하게 여전히 평정심을 유지하고 있는 사람은――.
“리샤 씨.”
“응? 왜, 이스캇치? 왜 그렇게 무서운 표정을 짓고 있어.”
리샤가 힐끔 이쪽을 돌아봤다.
“나한테 뭐 물어보고 싶은 거 있어?”
“……리샤 씨는, 이 모니터에 나온 정보를 어디까지 알고 있었던 겁니까?”
“여기까지는 알고 있었어. 나도, 천제도.”
대충 얼버무릴 것이다.

이스카는 그런 것을 각오했었는데, 의외로 천제의 참모는 쉽게 긍정했다.

"내가 알고 싶은 것은 그다음이야."

"……그다음이요?"

"응, 그러니까 네네땅. 다음, 다음으로 넘어가줘!"

리샤가 재촉하자 네네는 "으, 응" 하고 황급히 키보드를 붙잡았다.

좀 전과 마찬가지로 뭔가를 입력했다. 그 결과──.

"……나는 이 현상을 다음과 같이 정리한다."

"인간+성령 = 소위 성령술사."

"인간+성령+『그 외』라는 세 번째 요소가 더해짐으로써, 성령술사였던 인간은 새로운 모습으로 변모한다."

"마녀 비소와즈 같은 예가 그것에 해당하는데……."

"현 단계의 연구로는 도저히 세 명의 완전 적합자에는 미치지 못한다."

"천제 윰메룽겐 = 성령+별의 방위 의사."

"시조 네뷸리스 = 성령+별의 요격 의사."

"피험자 일리티아 = 성령+■■(별의 백성이 『대성재(大星災)』라고 부르며 두려워한 것)."

″연구를 계속한다.″

″그 셋을 따라잡을 것이다. 특히 일리티아는 그것과 완전히 융합해가고 있다. 이 별의 세계 최후의 마녀로 변모하는 중이다.″

″……카탈리스크 오염지에 대한 조사를 진행해야 한다.″

″「V」「E」「L」「A」「P」「N」「O」「W」 전원 승인. ■■이 잠들어 있는 레이넨헤베(백억의 별들의 수도)의 좌표를 복수 검출. 5년 후에 대한 이동 예상을 서둘러…….″

뚝! 하고 끊기는 화면.

표시되어 있던 「보고서」가 사라지고, 또다시 모니터 화면에서는 의미를 알 수 없는 문자열이 흘러가기 시작했다.

"……이게 전부인 거지?"

머뭇머뭇 그렇게 말한 사람은 미스미스 대장이었다.

"비소와즈란 이름이 있으니까 히드라가 관련되어 있다는 것은 알겠는데, 왠지 위험한 느낌이 드네. 천제와 시조라는 이름도 나왔고. 그런데 마지막에 나온 알파벳은 전혀 모르겠어. 저기, 리샤야. 네가 알고 싶었던 정보는——."

"있었어."

"뭐?!"

"비트겐슐러, 에티엔느, 루크레제우스, 아레텐, 프로메스티우스, 노바라슐란, 오반, 와이즈맨."

시를 읊는 것처럼 매끄럽게.

리샤가 미스미스를 돌아보면서 가볍게 암송을 했다.
"이해했지? 미스미스."
"뭔데?!"
"팔대사도의 이름의 이니셜이야. V, E, L, A, P, N, O, W. 아까 그 화면에 표시된 승인자의 알파벳과 일치하잖아?"
"……………………뭐?"
"나와 천제가 알고 싶었던 것 중 첫 번째. 일부러 멀리까지 온 보람이 있어."
리샤가 제자리에서 빙글 돌았다.
더 이상 이곳에 볼일은 없다는 것처럼. 거대한 모니터를 등지고.
"아까 보고한 내용 중에 있었잖아? 천제 폐하가 그런 모습이 된 데에는 이유가 있어. 그런데 그것은 천제 폐하가 원한 것이 아니야. 그래서 폐하는 두 번 다시 자신과 같은 비극이 일어나지 않도록, **그걸 위해서 제국에서 일반인의 성령 연구를 금지한 거야.**"
"……뭐라고요?!"
"의외지요? 시스벨 왕녀님."
시스벨을 내려다보는 천제의 참모.
"제국령 내에서 성령 연구가 금지된 이유는「성령이 사악한 것」이기 때문이다. 뭐, 황청 사람들은 그렇게 생각하고 있을 테지만요."
"……그, 그게 아니란 건가요?!"
"천제 폐하는 한 번도 그런 말씀을 하신 적이 없는데요?"

리샤가 장난스럽게 어깨를 으쓱하면서 말했다.

"민간 기관의 성령 연구는 금지. 그리고 제국의 유일한 성령 연구 기관 오멘을 천제의 직할 기관으로 삼아서 연구 범위를 한정시킨 것도, 두 번 다시 똑같은 비극이 일어나지 않게 하려고 했던 겁니다."

"그, 그럼 켈비나의, 이 연구는 도대체 뭔데요?!"

"천제 폐하에 대한 배신행위."

"……!"

시스벨이 숨을 들이켰다.

리샤의 입술에서 흘러나온 음성은 그만큼 차가운 분노로 가득 차 있었다.

"그 진범을 이제야 겨우 알게 된 겁니다. 아까 그 알파벳을 보고 알았어요. 그 여덟 사람은 좀처럼 꼬리를 드러내지 않거든요. 하지만 비로소 완전한 물적 증거가 나왔습니다. 이제는 이 데이터를 추출해서 제도로 돌아가면……."

『――끝이야.』

노이즈 섞인 음성이 대형 홀에 울려 퍼졌다.

우리가 쳐다보던 거대한 모니터. 그 화면에서 흘러가는 문자들이 갑자기 흐트러져 사라지더니, 그곳에 사람 그림자 같은 실루엣이 떠올랐다.

그 사람 그림자가 **화면 속에서 기어 나왔다**.

『리샤. 황청의 마녀 시스벨. 그리고 흑강의 후계자 이스카. 자네들은 제도에 도착하지 못할 거야. 이 추운 지하가 종착점이다.』

"뭐, 뭐야?!"

"어머나, 이스캇치는 자주 봐서 알지 않아? 제국 의회의 모니터 너머로."

"……네?"

"팔대사도 중 한 사람. 뭐, 실은 나도 모니터에서 나온 모습을 보는 것은 처음이지만."

안경 속에서 리샤의 눈이 바늘처럼 가늘어졌다.

유령같이 흐릿한 홀로그램 영상이 허공에 떠올랐다. 그것을 쳐다보는 리샤의 시선에는 호의란 감정은 조금도 없었다.

"그 목소리. 루크레제우스 씨인가? 제국 의회에서 일부러 출장까지 나오시다니. 우리가 발견한 이 기록이 그 정도로 위험한 것인가 봐요."

『그렇다.』

"오? 의외로 순순히 인정하네요?"

『자네에게 숨기려고 해봤자 소용없는 짓이니까. 자네는 하나를 들으면 열을 아는 사람이잖아. 방금 이 보고서를 보고, 틀림없이 그 이상의 사실도 눈치챘을 거야.』

"그래서 증거 인멸을 하려고 서둘러 나타난 겁니까?"

『증거를 없애는 게 아니야. 목격자를 없애는 거지.』

움찔.

그 한마디에 이스카의 목덜미와 등골이 확 서늘해졌다. 형용할 수 없는 오한 때문에.

팔대사도.

제국의 정치든 군대든 뭐든지 다 좌지우지하는 최고 권력자들.

……방금 그것을 통해 알아낸 사실이 있었다.

……천제와 팔대사도는 은밀하게 대립하고 있었다. 맨 처음부터!

호시탐탐 기회를 노려 천제를 해치려고 하는 팔대사도.

그래서 천제의 참모인 리샤는 그 증거를 손에 넣으려고 여기 온 것이다.

"아, 뭐예요. 루크레제우스 씨. 미안하지만 그거 알아요?"

어휴 하고.

여전히 날카로운 눈빛을 유지하면서 리샤가 어깨를 으쓱했다.

"의욕적으로 여기까지 오신 건 좋은데요. 그런 홀로그램 상태로 뭘 어쩌시려고요? 그쪽은 이미 100년 전에 육체가 낡아서 내버렸잖아요?"

『우리의 영혼은 다시 현세에 깃들 거야.』

쿠웅!

루크레제우스의 홀로그램 뒤에서.

벽 전체에 설치되어 있던 모니터들이 연달아 눈사태처럼 무너지면서 바닥에 떨어졌다. 그리고 거기 남아 있는 평평한 벽이 쩍 하고 좌우로 갈라졌다.

그 안쪽에는——.

증기를 뿜어내는 거대한 기계로가 있었다.

"이스카! 켈비나의 저택 지하에 있던 것과 똑같은 기계로예요!"

"……맞아."

경계하는 시스벨 옆에서 이스카도 성검을 뽑아 들었다.

기계로에서 솟구치는 증기.

성령 에너지의 빛으로 성스럽게 빛나는 증기가, 거대한 기계로에서 분출되고 있었다.

저 안에 **뭔가가 있다**.

『오브젝트의 후속작이야.』

기계로가 부서졌다.

두꺼운 금속제 덮개가 안에서부터 폭발해 날아갔다. 뭉게뭉게 피어나는 증기 속에서 땅울림과도 비슷한 발소리가 들려왔다.

"짐승?! 아니…… 기계병인가?!"

『켈비나의 표현을 빌리자면 반령반기(半靈半機)의 거성병(巨星兵). 기계 부품 대신에 온갖 성체(星體) 부품을 접합시킨 물건이야.』

이족 보행으로 움직이는 「생물 같은 기계」.

기계인데도 마치 뱀의 비늘처럼 미끌미끌한 느낌이 들었다.

기계인데도 마치 사자의 다리처럼 탄탄한 근육질이었다.

그리고 호흡. 동물의 호흡과 마찬가지로 온몸을 위아래로 들썩이면서 성령 에너지 증기를 뿜어내는 그 모습은 완벽한 생물 그 자체였다.

『우리 팔대사도는 100년 전에 육체를 버렸다. 전뇌체(電腦體)인 우리를 수용할 수 있는 그릇을 찾고자 하면서.』

루크레제우스의 홀로그램이 소실됐다.

그리고 잠시 후——.

기계병의 눈이 강렬하게 빛나기 시작했다.

『이것이 그 그릇이다. 우리의 영혼을 담을 수 있는 거성병이지.』

한마디로 말해 「은색 오브젝트」.

기계 부품 틈새로 증기를 뿜어내는 거인이 그야말로 인간처럼 양팔을 벌렸다.

『이제는 에너지만 있으면 돼.』

"어머, 의외네요. 그렇게 위풍당당한 모습을 하고서도 아직도 뭔가 더 원하는 게 있다는 말이에요? 팔대사도 님."

『성령 에너지로는 부족해.』

루크레제우스——.

거성병을 조종하는 영혼의 떨리는 음성.

『100년 전에는 그랬다. 이 거성병을 기동시키기 위해 우리가 원했던 것은 증기나 전기 같은 기존의 에너지를 뛰어넘는 가능성, 즉 「성령」이었지……. 하지만 우리는 드디어 발견했다. **성령을 능가하는 힘을!**』

"……아~."

리샤의 한쪽 눈썹이 꿈틀하고 올라갔다.

"천제 폐하도 그런 이야기를 하셨던 것 같네요. 단, 그것은 아마 그 누구도 제어하지 못하는 존재일 텐데요?"

『사용하기 나름이지. 이 별의 중추에 잠들어 있는 그것이야말로 우리가 원하는 궁극의 에너지야. 그 미친 과학자 켈비나조차도 완전히 홀려버릴 만큼 엄청난 존재거든.』

"네, 그래서요? 그 힘으로 천제 폐하에 대한 모반을 일으킨다는 건가요?"

『성령의 시대가 끝나는 거지.』

지저를 뒤흔드는 발소리.

발치에 있는 모니터를 형태조차 안 남을 정도로 짓뭉개면서, 거성병이 상체를 일으켰다.

『여기서 켈비나가 연구했던 것을 하나 가르쳐주마. 그것은 「성령을 가두는」 실험이다. 알겠나? 마녀.』

"?!"

지명을 당한 시스벨이 긴장했다.

"……무슨 말을 하고 싶은 거죠?"

『성령은 인간에게 깃든다. 무기질 강철에는 깃들지 않아. 그런데 그러면 이 거성병을 기동시킬 에너지를 만들어낼 수 없어. 그래서 깃들지 않는 걸 강제적으로 가둬두기로 한 거지. 기계 내부에 성령을 집어넣어 봉인하는 거야.』

"……설마, 그것이 오브젝트?!"

『그렇다. 그게 바로 성령을 동력원으로 삼은 초기 실험이었어.』

성령은 강철을 통과하는 성질을 가지고 있다.

그렇다면 성령을 봉인하는 감옥으로 그것을 에워싸면 된다.

『성령은 감옥에서 탈출하기 위해 에너지를 방출한다. 그 힘을 이용해 거성병은 움직이는 거야. 그래서 무슨 말을 하고 싶은 것이냐 하면.』

바닥이 갈라졌다.

방의 네 귀퉁이가 부서지더니, 마치 지면에서 식물의 싹이 올라오는 것처럼 찌그러진 흑갈색 탑이 솟아났다.

『그것은 **여기**에도 적용된다.』

——위장 결계『별의 중추』.

홀 내부에 변화가 생겼다.

기계로에서 흘러넘치는 증기가 천장으로 올라가지 않고, 대형 홀 안에서 빙글빙글 선회하는 것처럼 소용돌이치기 시작한 것이다.

『옛날에 그 시조가 제국을 탈출할 때 사용했던「성령을 숨기는」결계야. 성령을 봉인하는 절연 구역이라고 이해하면 될 거다. 자, 이렇게 감싸면 이 방은 성령 에너지가 밖으로 새어나가지도 않고, 안으로 들어오지도 못하게 되는 거야.』

"……아, 그래요. 용의주도하시네요."
홀을 둘러보는 리샤.
방의 네 귀퉁이에 서 있는 네 개의 탑. 그 꼭대기에서 마치 방전 현상처럼 생겨난 빛이 홀을 감싸고 있었다.
이것이 성령을 가두는 결계이리라.
"이 벽의 바깥으로는 성령 에너지가 새어나가지 못하니까. 천제 폐하가 우리의 이변을 감지하는 것은 불가능하다는 뜻인가요?"
『그렇다. 천제의 후각은 성령의 움직임을 감지하는 거잖아?』
이 결계는 이른바 「냄새」를 차단하는 뚜껑이다.
강력한 성령술 반응이라는 냄새가 외부로 흘러나가지 않는 한, 천제도 이 지하에서 발생한 전투는 감지하지 못한다.
요컨대 팔대사도의 암약도 탐지 불가능한 것이다.
『흑강의 후계자 이스카, 네우르카 수해에서는 빙화의 마녀를 잘 격퇴해주었다.』
"!"
『그러나 자네는 자각하지 못한 채 세계의 핵심에 너무 가까이 다가갔어. 그것이 자네의 죄야.』
팔대사도의 선고.
『그리고 황청의 마녀 시스벨, 자네에 관한 이야기는 탈리스만을 통해 들었다. 자네의 그 능력은 우리에게 큰 도움이 될 거라고.』
"……뭐라고요?"
『그러나 자네는 천제를 도와서 100년 전 사건을 밝혀내려고 하고 있지. 그것이 자네의 죄야. 그리고 천제의 참모 리샤.』

발아래――.

거성병에 비해 너무나 작은 인간을 내려다보면서.

『자네는 지금까지 우리를 위해 참으로 많은 일을 해줬어.』

"네, 네. 그래서요? 내 죄목은 뭔데요?"

『우리 팔대사도를 따르지 않고 천제를 선택한 것. 우리는 끝까지 자네가 천제를 배신하고 우리 편이 되어주기를 기대했는데 말이지.』

"하하!"

천제의 참모가 웃음을 터뜨렸다.

"천상, 천하. 미안하지만 나는 처음부터 끝까지 천제 폐하만 따르거든? 그 탐스러운 꼬리를 만지는 행복을 알게 된 이상, 도저히 배신할 수가 없다니까."

『거참 갸륵하구먼. 천제의 참모.』

루크레제우스의 죽음의 선고가 지저 홀에 울려 퍼졌다.

『제군들은 여기가 종착점이다. 이제 그만 별로 돌아가라.』

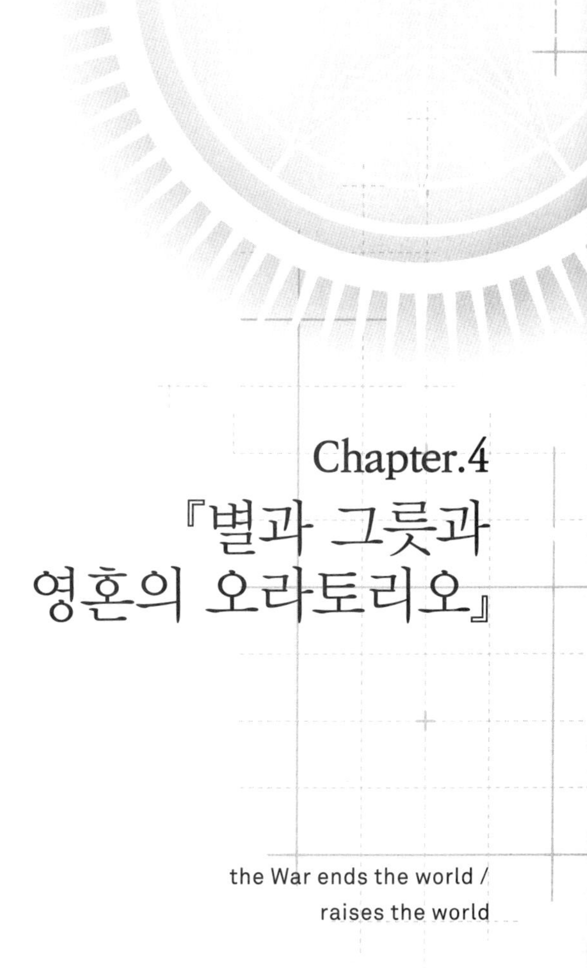

Chapter.4

『별과 그릇과 영혼의 오라토리오』

the War ends the world /
raises the world

1

피처럼 붉고, 눈처럼 극히 작은——.
불티가 날렸다.

"윽…… 벽이여!"
환상적인 분위기도 느껴지는 은은한 불티.
그것이 시야에 들어온 순간, 앨리스는 정신없이 얼음벽을 만들어냈다.
——파열.
불티가 펑 터지고 거기서 초대형 업화(業火)가 생겨나더니.
지저 호수의 물을 증발시켰다.
지하의 암반을 모조리 박살 내면서 흙먼지를 일으켰다. 그 폭발적인 소리가 고막을 때리는 바람에 앨리스는 한순간 정신이 멍해졌다.
"……정말…… 가, 가차 없네!"
이를 악물었다.

아득해지는 정신을 억지로 붙들어 매고, 앨리스는 눈앞을 온통 뒤덮은 업화 속에서 소리를 질렀다.

"시조, 이리 나와! 난 아직 한 군데도 다치지 않았어!"

"가차 없다고? 난 최대한 자비를 베풀었다고 생각하는데."

훅 하고.

주위에서 소용돌이치는 불꽃이 하룻밤의 꿈처럼 사라졌다.

"이 정도면 얼음의 성령술사에게는 친절한 거잖아?"

"친절하다고? 내가 아니었으면 숯덩이가 됐을 거야."

"너니까 그런 거다."

사라진 불꽃 너머.

불타버린 지면 위에 맨발로 서 있는 소녀가 진지한 얼굴로 그렇게 말했다.

"네 성령술은 저번에 봤으니까."

"그래서 견뎌낼 수 있을 거라고 판단했다면, 영광이라고 생각해도 되는 걸까? 하지만 나 말고 다른 사람은 어쩌라고?"

가면 경의 모습이 안 보였다.

시조와 자신의 딱 중간 지점에 서 있었으므로, 얼음벽으로 그를 구해줄 여유도 없었다.

……그 화염에 휩싸이면 인간 따위는 흔적도 없이 사라질 거야.

……그 대단한 가면 경이라도.

불길한 예감이 가슴속에 스며들었다.

"시조, 거기 서 있었던 사람은 당신의 먼 자손이야. 그런 사람을――.”

“문(門)의 성령술사라면 폭발 직전에 공간이동을 했어.”

그렇군.

시조가 대놓고 비아냥거리자 앨리스는 속으로 혀를 찼다.

딱 1초만 더 늦게 반응했더라면 화염에 휩쓸렸을 테지만, 결과만 본다면 분명히 자신도 가면 경도 둘 다 아슬아슬하게 살아남았다.

순전히 운이 좋아서 생환한 거나 마찬가지였다.

그것을 보고 자비를 베풀었다고 뻔뻔하게 말하는 건가. 이 고대의 폭군은.

“――――.”

새삼스레 주위를 둘러봤다.

그토록 풍부한 수원이었던 지저 호수의 물이 증발해서, 앨리스가 서 있는 곳은 이제는 텅 비어버린 공허한 지하 동굴이었다.

앨리스와 시조――.

두 명의 성령술사를 비추는 것은, 암반에서 흘러나오는 희미한 빛밖에 없었다.

아마도 이 밑에 볼텍스가 있는 것이리라. 그 성령광이 암반을 타고 광물에 배어들어 보석처럼 빛나고 있었다.

“시조.”

낡아빠진 외투를 두른 소녀를 똑바로 노려봤다.

“몇 번이든 다시 물어볼게. 당신은 제국을 불태우려는 거지?

황청이나 중립도시에 아무리 큰 피해를 주더라도."

"두 번 대답할 마음은 없다."

"그래. 하지만 나는 몇 번이든 다시 말하게 해줄 거야!"

삿대질을 했다.

100년 전의 박해를 알고 있는 산증인을 향해——.

"당신의 분노를 가라앉히라고 하진 않을게. 하지만 그 분노를 그대로 분노로서 폭발시킨다면, 상처받는 것은 당신이 아니야. 이 세계에 있는 약자들이야!"

"…………."

"낡은 가치관만 가지고 있는 당신이, 이 시대에 살아가는 우리 앞에서 주제넘게 나서지 마!"

"그럼 난 이렇게 대답하마."

시조 네뷸리스가 지면을 향해 오른손을 내밀었다.

"과거의 우리가 얼마나 많은 피눈물을 흘리면서 황청을 만들어 냈는지. 그 역사를 알지도 못하면서, 그저 유복한 왕좌에서 태어났을 뿐인 네가 도대체 어떤 세계를 만들 수 있다는 것이냐?"

"……윽. 말은 잘하네."

"절망의 시대를 모르는 네가, 평화에 대해 뭘 안다는 거냐?"

지면이 융기했다.

앨리스가 서 있는 장소의 전후좌우 네 군데에서 흑요석처럼 까만 탑이 높이 솟아올랐다.

"앗?! ……이, 이건……."

"가둬라."
시조가 손가락을 딱 튕겼다.
네 개의 탑 꼭대기에서 검은 빛이 퍼져나가더니 앨리스의 주변 공간 전체를 집어삼켰다.

――재현 결계『별의 중추』.

……치익.
"아야!"
앨리스의 손끝이 닿은 순간, 검은 결계에서 불꽃이 튀었다.
손가락 표면의 화상. 그 격통 때문에 비명이 흘러나왔다.
"끝났군."
"얕보지 마. 이게 무슨 결계인지는 몰라도, 이런 진부한 빛의 커튼으로 나를 가둘 수 있을 것 같아?!"
앨리스의 오른손에 들린 얼음 소검.
커튼을 찢어버리려는 것처럼――.
자신을 둘러싼 검은색 장막을 얼음 칼날로 베었다. 얼음 칼날이 결계를 찢었다. 그렇게 확신한 앨리스의 눈앞에서, 돌연 얼음 칼날이 소멸했다.
"……어?"
얼음 칼날이 부러진 게 아니었다.
성령술로 생성한 얼음 결정이 부슬부슬 부서져 증발한 것이다.

고열?

아니다. 그렇다면 「녹았을」 것이다. 방금 그것은 오히려 얼음 성령술 그 자체가 뭔가에 의해 삭제된 것 같았다.

"성령 봉인의 감옥이다."

결계 밖에서 들려오는 시조의 목소리.

검은 장막 때문에 모습은 보이지 않았지만, 자신을 향해 이야기하는 것은 확실했다.

"이 흑석은 성령 에너지를 저장할 수 있어. 모든 성령술을 흡수하기에, 이렇게 에워싸면 성령술사는 무력해지지."

"……뭐라고?"

검은색 빛으로 된 돔.

그 네 귀퉁이에 있는 검은 탑이 아마도 결계의 핵일 것이다. 그것이 성령 에너지를 저장하는 돌로 되어 있다는 건가?

"100년 전 제국 시대에 우리에게는 성문을 숨기는 밴드가 없었어. 그래서 『성령술사를 숨기기』 위해 이런 결계를 만들어낸 것이다. 하지만 다른 시점으로 보면 이렇게 성령술사를 가두는 감옥으로 쓸 수 있지."

"……이게, 감옥이라고……?"

앨리스에게 미지의 개념은 아니었다.

이를테면 성령술사가 성문을 숨기려고 붙이는 밴드에는, 「성령 에너지를 중화시키는」 성질을 가진 네뷸라(성철, 星鐵)란 소재가 사용된다.

……하지만 이것은 그런 차원의 문제가 아니었다.

……아무리 강력한 성령 에너지라도 다 흡수해버린단 말인가?!

그건 말하자면 궁극의 무효화였다.

이렇게 온통 감싸놓으면, 성령술사는 탈출 불가능한 감옥이 되는 것이다.

완전히 당해버렸다.

가장 오래된 최강의 성령술사가 설마 이렇게 기습적인 수법을 쓸 줄이야.

"……비겁하다! 나를 여기서 꺼내줘!"

"보기 흉하구나."

검은 장막 너머에서 전해져오는 모멸의 눈빛.

"거기서 기다려라. 제국이 불바다로 변하는 순간을."

"……!"

"성령이 없으면 아무것도 할 수 없는 네가 세계를 바꾸는 것은 불가능하다."

앨리스가 무슨 말을 꺼내기도 전에.

앨리스가 서 있는 공간은 완벽한 어둠으로 감싸였다.

2

『성령의 시대는 이제 곧 끝나.』

『별의 중추에 잠들어 있는 고차원적인 힘이 이 세계를 변혁할 거야.』

거성병——.

이족 보행을 하는 반령반기의 거인. 「은색 오브젝트」라고도 표현할 수 있는 그것이 과연 어떤 소재로, 어떤 기술로 만들어졌는지를 알아볼 여유는 없었다.

우리가 알아야 할 것은 두 가지.

첫째, 이 거성병에게 팔대사도 루크레제우스의 영혼이 빙의되어 있다는 것.

그리고——.

현재 이 팔대사도가 우리의 적이라는 것.

『우리 팔대사도가 새로운 별의 시대를 시작할 것이다.』

이족 보행을 하는 거인이 한 손을 쑥 내밀었다.

그 손바닥에 있는 십자형 균열. 거기서 간헐천처럼 증기가 뿜어져 나오면서 성령광 같은 빛이 흘러넘쳤다.

그 빛이——.

점점 한곳에 응축되는 것을 본 순간.

이스카를 비롯한 제907부대는 전원 동시에 필사적으로 외쳤다.

"피해!"

진이 후방으로.

네네와 미스미스가 좌우로 흩어졌고.

이스카가 시스벨을 날려버릴 듯한 기세로 그녀를 끌어안고 바닥에 확 엎드렸다.

——『성야견(星夜見)』.

키잉! 하고 날카로운 소리를 내는 빛의 띠가 허공을 태웠다.

방금까지 시스벨이 서 있던 곳이었다. 이스카가 억지로 밀어내지 않았더라면, 시스벨은 틀림없이 그 빛에 의해 불타서 증발했을 것이다.

……이 극대의 섬광은.

……오브젝트가 『라이프 폼 인테그라(성체 분해포)』라고 불렀던 에너지 포!

거성병의 거대한 손바닥에서 그 포가 발사됐다.

무서운 점은 에너지를 충전하는 「준비 시간」이 거의 없었다는 것. 빛이 모여들어 발사되기까지 속도가 너무 빨랐다.

……성검으로 저 섬광을 벨 수 있을까?

……자신은 없었다. 성공하더라도 기껏해야 세 번에 한 번 정도일 것이다.

베지 못하면 직격당할 테고.

저렇게 거대한 빛을 완벽하게 벤다는 것은 이미 신기(神技)의 영역조차 초월한 도박에 불과했다. 이스카의 기량으로도 이건 너무 불리했다.

"시스벨, 안쪽으로 가!"

이스카는 시스벨을 플로어의 벽 근처까지 피난시키고, 자신은 그 자리에 머물렀다.

저 공격을 계속 피하는 것은 불가능하다.

당장 반격할 기회를――.

『있을 리 없지. 반격할 기회 따위는 영원히 없어.』

루크레제우스의 냉소.

그가 이쪽을 향해 양팔을 내밀었다. 방금 성야견을 발사한 오른손뿐만 아니라 이번에는 왼손의 거대한 손바닥에도 포구인 십자형 균열이 생겨나 있었다.

"쌍포 발사?! 그런 짓이……."

『흑강의 후계자 이스카. 방금은 마녀를 노렸기 때문에 자네에게 방해를 받았다. 고로 나는 자네와 마녀를 동시에 처치하기로 했다. 지킬 수 있는 것은 기껏해야 한 명이지.』

루크레제우스의 양손이 이쪽을 향했다.

두 개의 균열에서 고열의 증기가 분출되고, 점점 성령광이 응축되어 갔다.

『자네인가, 마녀인가. 원하는 쪽을 지키고, 원하는 쪽을 잃어라.』

"……무례하군요! 제가 짐 덩어리라도 될 것 같나요?!"

시스벨이 소리를 질렀다.

왼손을 얹은 그 가슴팍에서 등불의 성문이 힘차게 빛나기 시작했다.

"알사미라에서 오브젝트의 센서를 막아낸 게 누구인지 알아요? 저의 성령이 만들어내는 환영, 깨뜨릴 수 있다면 얼마든지 해보――…………어……?"

시스벨의 목소리가 얼어붙었다.

나타나지 않았기 때문이다.

독립국가 알사미라에서는 모래 폭풍을 불러냈었다. 그 지독한 모래먼지로 우리의 모습을 숨김으로써, 오브젝트의 라이프 폼 인테그라의 조준을 불가능하게 만들었다.

그런데 그 영상이 생성되지 않았다.

시스벨의 가슴에서는 성령술을 나타내는 빛이 찬란하게 빛나고 있는데도.

"……아, 아니, 도대체 왜…………?!"

『가련한 생물이야. 야만스러운 마녀는 머리도 나쁜가 보구나.』

양팔을 내민 루크레제우스의 탄식.

『말하지 않았느냐. 좀 전에 펼쳐놓은 유사 결계는「성령을 절연하는」것이라고. 이 공간은 외부에서의 성령 간섭을 받지 않아. 그럼 어떻게 될까?』

"서, 설마?!"

『그렇다. 자네의 성령에게는 최악의 장소야. 성령 정보가 차단되어 있으니 과거의 사상(事象)도 읽어내지 못하는 것이다.』

재현할 것을 읽어내지 못한다.

시스벨의 성령술을 발동시켜도, 영상화할 대상이 발견되지 않는 것이다.

"……이럴 수가?!"

『그 분노와 함께 별로 돌아가라.』

성야견.
루크레제우스의 두 개의 손바닥에서 발사된 극대 섬광이 이스카와 시스벨을 동시에──.
덮치지 못했다.

루크레제우스의 거체가 심하게 뒤로 기울어졌다.

거인이 균형을 잃었다.
이스카와 시스벨을 향해 내뻗었던 손바닥이 뒤로 움직이는 바람에, 거기서 발사된 빛은 홀의 천장을 때렸다.
"아, 곤란해요. 미안하지만 그 왕녀님은 천제 폐하가 마음에 들어 하는 사람이라서."
『……흠, 그렇군.』
넘어질 뻔했던 루크레제우스가 바닥에 무릎을 꿇었다.
그 무릎에는 머리카락보다 가느다란 「실」이 몇 겹으로 감겨 있었다.
아니, 무릎만이 아니었다.
루크레제우스의 목과 어깨.
빛나는 극세한 실이 그를 완벽하게 옭아매고 있었다.
『수다쟁이인 자네가 유난히 조용하다 싶었어. 리샤.』
"아~ 그게요. 루크레제우스 씨가 너무 열정적으로 연설을 하고 계셔서. 나는 나대지 않으려고 했을 뿐이에요."

『별의 제4세대「실잣기」의 성령…….』

“오. 역시 아시네요? 천제 폐하의 명령으로 그동안 팔대사도에게는 비밀로 한 성령인데.”

리샤 인 엠파이어——.

그녀가 들고 있는 것은 조그만 빛의 보옥이었다. 그것이 허공에서 스르르 풀리면서 실로 변해 거미줄 형태로 이 홀을 뒤덮었다.

“외부에서의 간섭을 허용하지 않는 성령 봉인 결계. 이 방 안에서만 자기 완결이 되는 능력이라면, 별로 신경 쓰지 않고 사용할 수 있는 것 같네요?”

리샤가 손목을 빙글 반쯤 돌렸다.

“자, 그럼. 『수축해라』.”

끼긱.

실이 루크레제우스의 목을 감싸더니 꽉 조이기 시작했다.

머리카락보다 가느다란 성령의 실이, 수십 톤이나 되는 거인을 완벽하게 구속하고 있었다.

그나마 강철 기계라서 이 정도로 버티고 있는 것이었다. 인간이 이 실에 구속당했다면 아마 100명이 있어도 꼼짝도 못 했을 것이다.

“리, 리샤야, 네 성령 굉장하다!”

“후후. 그렇지, 미스미스? 이거 편리하다니까.”

그렇게 대답하면서도 리샤의 눈은 전혀 웃고 있지 않았다.

“이『실잣기』로 할 수 있는 것은, 성령 에너지로 자아낸 실을 펼

치고 수축시키는 것밖에 없어. 하지만 일단 이걸로 얽어매기만 하면 필승이야. 그 어떤 괴력으로도…… 어라?"

뚝.

뭔가가 끊어지는 소리.

리샤가 펼쳐놨던 실이 산산조각이 나면서 부슬부슬 무너지기 시작했다.

『——별의 외각.』

목, 어깨, 무릎을 휘감았던 실이 사라지고.

온몸의 자유를 되찾은 은색 거인이 마치 뱀이 대가리를 치켜들 듯이 천천히 상반신을 일으켰다.

그의 양팔 팔등에는 휘어진 칼날이 달려 있었다.

『네뷸리스 왕궁으로 알려진 별의 요새. 그것과 같은 성령 결정체야. 이것으로 자르지 못하는 대상은 없어. 성령술의 실도 예외는 아니야.』

"……아~ 네. 어떻게 내 실을 잘랐나 했더니."

리샤의 그 중얼거림은.

틀림없이 솔직한 본심을 토로한 것이리라.

"날이 너무 잘 드는 거 아니에요? 그 실은 동일한 굵기의 강철 와이어보다도 최소 30배는 더 튼튼할 텐데……."

『다음은 자네 차례야.』

"아뇨, 사양할게요!"

리샤는 굳은 얼굴로 펄쩍 뛰어 뒤로 물러났다.

곧이어 1초의 차이도 없이 리샤를 향해 달려드는 루크레제우스의 거체.

보폭 차이.

리샤가 세 발 후퇴한 거리를 루크레제우스는 한 발로 따라잡더니 그 머리 위로 주먹을 치켜들었다. 주먹 끝에서 성령 결정체의 칼날이 번뜩였다.

『처단한다.』

치켜든 칼날이 리샤의 가슴을 푹 찌른다.

아니, 그 직전에.

"너무 느려, 이스캇치."

"——하앗!"

간발의 차이로 먼저 도달한 이스카가 루크레제우스의 거체를 향해 돌진했다.

바닥 위로 미끄러지듯이 거인의 양다리 사이를 통과해서, 리샤 앞을 막아주는 형태로 흑강의 성검을 휘둘렀다.

——딱딱한 것이 부서지는 소리.

이스카의 칼이 루크레제우스의 칼을 환상적으로 아름답게 잘라냈다.

『……성검. 정말 불쾌하구나!』

루크레제우스가 한 발 후퇴했다.

그러나 그 도약이 성공하기도 전에 이스카가 두 번째로 휘두른 칼날이 거인의 흉부 장갑을 베었다. 가슴 보호대가 부서지면서 그 안에서 기계 부품으로 추정되는 케이블이 보였고, 또 그 안쪽에서 번쩍 빛나는 빛이 순간적으로 눈에 띄었다.

너무나 신비롭고 은은한, 환상적인 그 빛은――.

"성령광?!"

"아, 아니에요, 이스카! **저것은 성령 본체예요**!"

마녀 공주가 눈을 부릅떴다.

태어났을 때부터 성령을 지니고 살아왔기 때문에 눈치챈 것이다.

루크레제우스의 동력원. 그의 흉부에는 「성령 봉인의 감옥」이 내장되어 있었고, 그 안에 성령이 갇혀 있었다.

"이…… 악독한 놈!"

시스벨이 송곳니를 드러내며 소리를 질렀다.

전에 없던 모습――.

자기 생명이 위험할 때조차도 이 정도로 분노하지는 않았었다. 이스카도 과거에 본 적이 없을 정도로 마녀 공주는 격정에 사로잡혀 있었다.

"저희를 마녀나 마인이라고 부르면서 실컷 멸시하더니…… 뒤에서는 몰래 누구보다도 치졸하고 사악하게 성령을 이용하고 있었군요?!"

『――――.』

"별에 대한 모독입니다! 성령을 풀어주세요!"

『그래, 물론 그럴 거야.』

이스카가 베어낸 흉부 장갑이 순식간에 복원되어 갔다.

고작 몇 초.

훤히 드러났던 「성령 봉인의 감옥」도 가려져서 보이지 않게 되었다.

『말했잖아. 성령의 시대는 이제 곧 끝난다고. 별의 중추에 잠들어 있는 그것만 제어할 수 있게 된다면, 성령 따위는 불필요한 도구가 될 테니까. 당장 해방시켜줄 거야.』

"……저는 지금 당장 해방하라고 하는 겁니다!"

『그럼 거래를 하자.』

루크레제우스의 관절에서 또다시 강한 성령광이 흘러나왔다.

거인은 그 커다란 손으로 자기 발밑을 때렸다.

『마녀, 너의 목숨과 바꾸는 거야.』

주먹이 바닥을 뚫었다.

마치 전차의 포탄 같은 충격파가 발생하더니, 바닥에 거대한 균열이 생겼다.

——『지성광소(地星狂咲)』.

대지의 문양처럼.

시뻘건 용암 빛깔의 크고 작은 무수한 동그라미들이 대형 홀의 바닥에 차례차례 생겨났다. 그 동그라미의 중심이 빙글빙글 소용돌이치더니 거기서 작열의 바람이 휘몰아쳤다.

"이, 이건……?!"

이스카가 본 적 있는 광경이었다.

마인 샐린저가 지폭(地爆)의 성령이라고 불렀던 것과 비슷한 성령술이었다.

그렇다면――.

"위험해, 다들 이 새빨간 원에서 떨어져!"

"네? 어, 저기……."

"시스벨 씨, 뛰어!"

놀라서 당황한 시스벨을 향해 네네가 돌격했다.

무작정 시스벨을 바닥으로 밀어 넘어뜨린 순간, 홀에 그려진 무수한 동그라미들에서 빨간 화염이 튀어나와 천장으로 솟구쳤다.

마치 큰 화산의 분화 같았다.

"아야……! 그, 그래도, 덕분에 살았어요. 네네 씨……."

"그럼 빨리 일어나."

네네가 아니라.

그렇게 퉁명스럽게 대꾸한 사람은 진이었다. 그는 그 소녀들 앞에 서서 저격총을 겨누고 있었다.

――총이라는 **대인**(對人) 무기.

이게 전차의 포탄이라면 충분한 외적 타격을 줄 수 있을 테지만, 진이 겨누고 있는 것은 기껏해야 야생동물을 처치할 수 있는 위력밖에 없었다.

그럼 어떻게 할까.

"노리고 쏴야지."

총성.

진의 저격총에서 발사된 탄환이 정확히 노린 대로 루크레제우스의 흉부에 꽂혔다.

그 균열——.

이스카의 성검에 의해 쪼개졌다가 지금 수복되고 있는 상흔에.

"장갑이 완벽하지 않다면."

『통할 거라고 생각했나?』

뚝.

찌그러진 탄환이 바닥에 떨어졌다.

루크레제우스의 수복 도중인 장갑을 1mm도 훼손시키지 못한 채.

"……쳇."

『한낱 제국의 일개 병사. 한낱 저격수. 한낱 제국군 규격 저격총과 탄환. 그런 것으로 우리 팔대사도의 그릇에 무슨 영향을 줄 수 있겠느냐?』

루크레제우스의 탄식.

혀를 차는 진을 내버려 두고, 그 반령반기의 거인은 빙글 돌아섰다.

그가 마주 보는 것은 이스카와 리샤였다.

등 뒤에 있는 진, 네네, 미스미스, 시스벨 네 명에게는 관심도 없었다. 왜냐하면 사도성 두 명만 경계하면 되니까.

루크레제우스를 구속하는 제5위, 리샤.

루크레제우스의 장갑을 베는 과거의 제11위, 이스카.

이 두 사람만 위협적이었고, 이 두 사람만 해치우면 나머지 네 명으로선 루크레제우스를 쓰러뜨릴 방법이 없었다.

……참으로 철저했다.

……이 팔대사도는 오로지 우리를 제거할 생각만 하고 있었다.

맨 처음에는 시스벨을 노렸지만, 그 일격이 빗나가자마자 즉시 표적을 바꿨다.

더없이 논리 정연하게.

무서울 정도로 계산적인 사고방식으로.

『「우선」이란 것은 다른 모든 것보다도 우선적이지.』

루크레제우스가 주먹을 머리 위로 치켜들었다.

『리샤, 자네의 실수는 팔대사도보다 천제를 우선시한 것. 그 저울질을 잘못한 것이 자네의 운명을 결정지은 거야.』

"……말을 참 잘하시네요, 루크레제우스 씨."

『나는 달라. 자네와 이스카를 올바르게 우선시해서, 올바르게 먼저 처리할 것이다.』

주먹이 홀 천장을 찔렀다.

천장 모니터를 때려 부순 그 주먹을 중심으로, 천장의 벽에 동그라미 무늬가 그려졌다.

──『천성낙화(天星落花)』.

새파란 하늘색.

동그라미의 중심이 소용돌이치기 시작하더니 거기서 떨어져 내린 것은 거대한 얼음기둥이었다. 이스카와 리샤의 머리 위로.

운석처럼 맹렬하게.

"……윽, 위험해!"

피할 수 없다.

천장에서 떨어지는 얼음기둥에 대해, 리샤가 반사적으로 선택한 것은 천장에 펼쳐둔「실」로 방어하는 것이었다.

무수한 실들을 한데 모아 얼음기둥을 감싸서 공중에 붙잡아두려고 했다.

그러나――.

『성령술에는 숙련도란 것이 있지.』

루크레제우스의 선고에 응하는 것처럼.

푸른 얼음기둥은 리샤가 펼쳐놓은 실을 뚫어버렸다.

『자네가 아무리 비범해도, 일시적으로 빌려온 성령을 완벽하게 조종하는 것은 불가능해.』

쏟아지는 얼음기둥.

그것이 리샤의 코끝을 겨우 몇 센티미터 차이로 스치면서 바닥에 떨어져 폭발했다. 면도칼같이 날카로운 얼음 파편이 리샤의 온몸에 꽂혔다.

"……아얏!"

『오, 그래. 실로 받아낸 것은 얼음기둥을 정지시키려는 것이 아니라, 조금이라도 낙하 궤도를 변경시켜서 직격을 피하려는 것이었군. 그 짧은 시간에 기지를 발휘하다니. 역시 굉장해, 리샤.』

"…………전혀 기쁘지 않은, 칭찬이네요."

크기로 따지면 나이프 수준.

리샤는 허벅지에 박힌 그 얼음 파편을 뽑아내고 장절하게 웃으며 대꾸했다. 그 얼굴도 얼음 파편을 뒤집어써서 상처투성이였다.

『하지만 그 반항은 오히려 자네 자신을 괴롭히게 될 거야. 그렇게 생각하지 않나, 흑강의 후계자 이스카?』

"……읏?!"

리샤와 아직 몇 미터 떨어진 곳에서 이스카는 멈춰 섰다.

지금 막 리샤에게 달려가려고 했는데. 루크레제우스의 한마디에 견제당해, 함부로 리샤에게 접근할 수 없게 되었다.

……적이 간파한 건가.

……아니다. 적이 계속 지켜보고 있는 것이다, 나를!

소름이 끼쳤다.

저 미지의 성령술, 그리고 그 이상으로 팔대사도의 비정상적인 경계심이 무서웠다.

단 1초도 자신에게서 눈을 떼지 않는 것이었다.

『우리 팔대사도의 총의(總意)야. 흑강의 후계자 이스카. 마천사가 된 켈비나를 쓰러뜨린 자네는, 죽을 때까지 감시해야 할 대상이다.』

"……!"

『사도성인 자네들 둘을 처리하면, 그로써 모든 것이 끝나는 거야.』

루크레제우스의 승리 선언.
『고로 체크 메이트다.』
낭랑하게 홀에 울려 퍼지는 죽음의 선고.
그러나.
등을 돌리고 있는 루크레제우스는 알아차리지 못했다. 또 루크레제우스와 대치하고 있는 이스카와 리샤조차도 **그 대화**를 눈치채지 못했다.
그 정도로 조용하고 희미한———.

"아니야."

풍성한 빨간 머리 포니테일 소녀의 중얼거림.
"네네가 제일 안쪽이지?"
"……그, 그래. 그럼 난 오른쪽!"
"고개 끄덕이지 마, 보스. 그런 동작 때문에 들키면 웃음도 안 나올 거야."
진의 속삭임.
오른손으로는 저격총을 들고, 왼손으로는 시스벨의 손을 잡고 있었다.
"미래의 사람들이 현재에 못 미침을 어찌 알랴."
제907부대의 저격수는 낮게 눌러 죽인 한숨을 토해냈다.
그것은 오래된 관용구.

──뒤에 태어난 자들이 두렵구나.

──과거의 위인에게 현재의 젊은이가 못 미친다고 어찌 장담할 수 있겠는가?

오래된 제국의 최고 권력자들을 향해.

진은 낮은 목소리로 이렇게 말을 이었다.

"대체 몇백 년이나 살았는지 몰라도, 하나같이 우리를 너무 얕보는구나."

2

네뷸리스 왕궁 지하.

몇 분 전까지는 이곳은 지저 호수였다.

물이 끊임없이 솟아나는 지저 호수가 증발하는 바람에, 현재 이곳은 울퉁불퉁한 암반이 다 드러난 거대한 지하 동굴로 변해버렸다.

그 공간에서.

"……이리 나와, 시조!"

앨리스는 목이 찢어질 정도로 큰 소리를 냈다.

시조의 모습은 보이지 않았다.

내 목소리 따윈 들리지도 않는 게 틀림없었다. 왜냐하면 새까만 장막 같은 결계가 완전히 자신의 주변을 뒤덮고 있었기 때문이다.

"아직 거기 있지? 당장 꺼내줘! 이 기분 나쁜 결계 속에서!"
지면에서 솟아오른 네 개의 검은 탑.
그 탑 꼭대기에서 생겨난 검은 빛이 커튼 형태로 펼쳐져서, 자신이 서 있는 곳의 주변 공간을 통째로 격리시켰다.
완전히 갇혀버렸다.
……재현 결계『별의 중추』라고?!
……성령 에너지를 저장한다고? 웃기지도 않아!
결계를 생성하고 있는 탑.
이 탑을 기점으로 하여, 결계가 아무리 강력한 성령술도 다 흡수해버렸다. 성령술사에게는 최악의 감옥이나 마찬가지였다.
……게다가 왠지 모르게 현기증도 났다.
……이 공간에 계속 머무는 것은 위험해. 내 감각이 이상해질 것 같아.
당장 결계에서 탈출해야 해.
"빙화——."
앨리스는 빛의 커튼을 향해 오른손을 내밀었다.
"빙화, 천 개의 가시 눈보라!"
수백 개나 되는 얼음 검이 생성됐다.
앨리스가 서 있는 지면과 공중에서 성령술에 의해 생성된 검. 그것은 암흑의 결계에 칼끝을 겨누었다.
"뚫어라!"
그 한마디에 모든 검들이 빛의 커튼을 향해 발사됐다.

마치 기관총처럼.
총탄의 소나기 같은 밀도와 기세로 날아간 얼음 검들이 결계에 푹 박혔고.

그 모든 것이 홀연히 사라졌다.

"……이럴 수가?!"
비명이 입에서 튀어나왔다.
이것이 성령 봉인의 감옥이란 말을 들었어도 역시나 경악하지 않을 수 없었다. 자신의 성령술이 이토록 쉽게 무력화되다니.
눈이 햇빛을 받아 녹는 것처럼. 결계에 닿은 성령술이 사라져 버렸다.
그야말로 성령술사에게는 악몽의 감옥임이 틀림없었다.
"……타개책이 없는 건가?"
입술에서 무의식적으로 흘러나온 말.
그것이 격리 공간에서 메아리쳤다.
"――――――――――――――――웃기지 마!"
무너지려는 무릎을 억지로 세우더니, 앨리스는 그 자리에서 똑바로 섰다.
좌절한다.
그것이야말로 시조가 원하는 것이 아닌가.
……그래, 앨리스. 처음부터 너도 알았잖아. 각오했었잖아.

……상대는 시조야!

내가 전력을 다해 도전해도 당해낼 수 없는 상대.

그런 괴물이다.

중립도시 에인에서도, 그때 이스카가 옆에 없었으면———.

……이스카가…….

…………없었으면, 이길 수 없었다?

………………그럼 지금은?

……………………그가 여기 없으니까, 지금은 져도 괜찮은 상대라는 거야?

오히려 그 반대잖아.

이곳에 그가 없으니까, 나 혼자 맞서 싸워야 하는 거잖아.

상대가 시조라고——.

그렇게 각오하거나 겁먹는 것 자체가 글러 먹은 것이다.

"……100여 살? 최강의 성령술사? 아니야. 당신은 그저 시건방진 꼬맹이일 뿐이야!"

주먹을 불끈 쥐었다.

어금니를 으스러지도록 깨물고, 앨리스는 눈앞에 있는 결계를 주먹으로 내리쳤다.

"나를 얕보지 마!"

지저의 동굴에서.

시조 네뷸리스는 검은 결계를 멍하니 바라보고 있었다.

"……어차피 별의 백성을 흉내 낸 것에 불과하지. 완벽과는 거리가 멀어."

이 결계에는 흠이 있었다.

성령술사에 대해서는 무적이나 마찬가지인 결계인데, 실제로는 치명적인 약점을 가지고 있었다. 물론 지금 이 결계 속에 갇혀 있는 왕녀와는 상관없는 것이지만.

상관이 있다면——.

오히려 그 사람일 것이다. 중립도시 에인에서 이 왕녀와 함께 있었던 제국 검사.

"네가 어떤 경위로 성검을 손에 넣었는지는 몰라도, 그 검을 크로스웰 이외의 남자가 다루는 것은 불가능할 테지."

"크로스웰?! ……그것은 내 스승님의 이름이다."

성검의 초대 소유자 크로스웰 네스 리뷔게이트.

참으로 진부한 애너그램*이었다.

크로스웰 게이트 **네뷸리스**.

——어쩌다 정신이 나간 것이냐, 어리석은 동생아.

시조의 입술에서 흘러나온 희미한 중얼거림.

*단어의 문자를 재배열해서 다른 단어로 만드는 것

그것은 100년 전에 다른 길을 선택한 동생에게 하는 말이었다.

"……크로스웰. 너는 왜 아무런 상관도 없는 타인에게 성검을 넘겨준 것이냐? 그 성검이야말로 별을 **재성**(再星)하는 비장의 카드라고. 나에게 그렇게 말했던 것은 너였을 텐데."

성검은 검이 아니다.

그것은 검의 형태로 된 「그릇」이다.

모든 성령이, 이 별의 중추로 귀환하기 위해 꼭 필요한 물건.

그것을 왜 넘겨준 것이냐?

그 제국인 소년한테서 도대체 무슨 가치를 발견했기에?

"……아니. 생각해봤자 무의미한 짓이지."

다 소용없는 이야기다.

이곳에는 동생도 없고, 그 제국 검사도 없다.

성령 봉인의 감옥에 갇혀서 발버둥 치는 왕녀가 하나 있을 뿐이다. 그리고 저 왕녀가 감옥을 부수는 것은 불가능하다.

"지금쯤 시시한 생각이나 하고 있을 테지."

검은 결계를 쏘아봤다.

저 감옥 안에서 지금쯤 왕녀는 필사적으로 탈출할 방법을 쭉 생각하고 있을 것이다.

결계가 저장할 수 있는 에너지에 한도는 없을까.

결계가 버텨낼 수 있는 성령술의 위력에 상한선은 없을까.

답은 둘 다 「없음」이다.

아무리 성령술을 끊임없이 퍼부어봤자, 저 검은 결계는 부서지지 않는다.
"……이제 알겠느냐? 무의미한 발버둥이다."
이 결계 안에서는 인간의 시간 감각이 흐트러진다.
왕녀의 체감 시간에 의하면 이미 수십 시간쯤 되는 시간이 흘렀을 것이다. 여러 가지 탈출 방법을 떠올렸다가 그 모든 것이 소용없다는 사실을 깨달았으리라.
좌절하기에는 충분한 시간이었다.
"거기서 지켜보고 있어라. 소녀야."
빙글 돌아섰다. 그리고 제국이 있는 방향을 쳐다봤다.
"내가 제국을――――――――――."

"그건 허락할 수 없다고 했잖아."

……쩌억.
시조 네뷸리스의 등 뒤에서, 칠흑의 장막에 큰 균열이 발생했다.
폭발하는 소리.
이변을 눈치챈 시조가 홱 몸을 돌렸다. 그 두 눈동자에 비친 것은 유리 조각처럼 산산이 부서진 결계였다.
"……이럴 수가."
마른침을 꿀꺽 삼켰다.
부서질 리 없었다. 안쪽에서는 결코 부술 수 없었다.
모든 성령술을 흡수하는 결계. 그것을 성령술사가 돌파하는 방법 따윈 없을 텐데.

"이봐, 소녀."

"……윽…… 허억………… 어때? 깜짝, 놀랐……어……?"

제자리에 서 있을 기운조차 남아 있지 않았다.

무릎을 꿇고 바닥에 엎드린 꼴사나운 자세. 그런데도 앨리스는 씩 하고 도전적인 미소를 지으며 시조 네뷸리스를 쳐다봤다.

"……도대체 누가…… 성령 없이는, 아무것도 못한다는 거야?"

"어떻게 탈출한 거냐?"

시조가 눈을 가늘게 떴다.

몸을 일으키려고 벽을 짚는 앨리스의 모습을 자세히 살펴보더니.

"설마……."

그 시선이 앨리스의 손에 머물렀다.

피부가 벗겨져서 피가 나는 두 주먹——.

"깨부순 거냐."

"맞아. **주먹으로 마구 때려 부쉈어**. 성령술로는 망가뜨릴 수 없다면, 내가 내 몸으로 열심히 해보는 수밖에 없잖아?"

극한의 필사적 발버둥이었다.

성령 봉인의 감옥을 지탱하는 네 개의 탑. 검은색 돌로 된 이 탑을 부수면 결계는 부서질 것이다. 그리고 성령술은 무효화된다면, 직접 때려 부수는 수밖에 없다.

"어지간히 심한 바보이거나, 천재인 건가."

……휴.

그것은 시조 네뷸리스가 처음 보여준 탄식이었다.

"성령술이 통하지 않으면 물리적으로 결계를 부수면 된다. 그러나 강력한 성령술사일수록 그런 발상은 불가능해. 날 때부터 성령술에 계속 의존해왔으니까."

"……그래, 맞아. 나도 한동안 어쩔 줄 몰랐어."

벽에 손을 대고 일어났다.

격하게 숨을 헐떡거리면서, 앨리스는 자조적으로 웃으며 대꾸했다.

"하지만 문득 그런 생각이 떠올랐어. 이 결계를 지탱하는 까만 기둥이란 것은 애초에 얼마나 단단한 걸까? 계속 때려보면 어떻게든 되지 않을까? 하고."

그 의문에 도달한 것은 앨리스의 체내 시간으로는 약 80시간이 경과 했을 때였다.

그때부터 열 시간 동안 끊임없이 때렸다.

오른쪽 주먹으로, 왼쪽 주먹으로, 오른발로, 왼발로. 심지어 마지막에는 머리와 몸통까지 동원해서 때렸다.

"하면 되는구나. 이 까만 돌, 의외로 약하잖아?"

"그렇다."

"………뭐?"

귀를 의심했다.

시조가 너무 쉽게 인정하는 바람에 오히려 앨리스의 독기가 빠져버렸다.

"네가 부순 기둥은, 별의 중추에 존재하는 『성정(星晶)』이란 돌이다. 본디 무척 약한 돌이지. 내가 불러냈는데도 이 꼴이야."

"……수, 순순히 인정하네?"

"이 성정을 충분한 강도로 만들어주는 가공 기술은, 대륙의 한계 영역에 사는 『별의 백성』만 가지고 있어. 그 완성형은 너도 알 것이다."

"뭐?"

"흠? 뭐야, 눈치채지 못한 건가."

진주색 앞머리를 휙 넘기면서.

시조 네뷸리스가 동굴 천장을 똑바로 우러러봤다.

"성검이다."

"네가 방금 때려 부순 검은색 결정. 원래 그렇게 약한 결정을 극도로 순화시켜서 잘 벼려놓은 완성형이 바로 흑강의 성검이다."

"……성검이라고?!"

소름 끼치는 충격이 앨리스를 덮쳤다. 온몸이 부르르 떨렸다.

흑강의 성검——.

굳이 말할 것도 없었다. 확인할 필요도 없었다. 그것은 틀림없이 이스카가 가지고 있는 한 쌍의 성검 중 하나였다.

"내 능력이 아니야. 이 성검의 능력이다."

"검은 성검으로 차단한 양만큼 하얀 성검으로 해방시킬 수 있어."

네우르카 수해에서.

분명히 그는 그렇게 말했었다. 성검은 흑과 백 두 개가 한 쌍이며, 흑의 검으로 벤 것을 백의 검으로 해방시킨다고.

……그래. 백의 성검이 성령술을 해방시키는 것이라면.

……흑의 성검은 성령술을 저장했던 거구나?!

성령술을「베는」것이 아니었다.

흑의 성검이 성령 에너지를「저장」하고, 백의 성검이 그 에너지를 해방시키는 것이 진정한 시스템이었던 것이다.

흑의 칼날이 성령 에너지를 흡수한다.

그래서 성령술이 일시적으로 사라진다.

물론 겉으로 보기에는, 성령술을 검으로 베서 소멸시킨 것처럼 보인다.

"……이스카는 그걸 알아?"

"글쎄."

시조의 대답은 냉담했다.

"크로스웰이 거기까지 이야기해주진 않았을 거다. 기껏해야『성령술이라면 뭐든지 벨 수 있다』는 말을 듣고 그대로 믿고 있을 테지."

"……하긴, 그렇겠네."

이스카의 태도만 봐도 그랬다.

설마 흑의 성검이 성령술을 「베는」 것이 아니라 「저장하는」 칼이라고 생각할 여지 따윈 없었을 것이다.

"사실 아무래도 상관없는 이야기지만."

그러면서 갈색 소녀가 뒤돌아섰다.

"그런다고 뭐가 달라지는 것도 아니니까."

"앗! 기다려!"

"자기 몸이나 돌보지 그래?"

"……뭐?"

"그렇게 창백해진 얼굴로 뭘 어쩌려는 것이냐."

돌연 시야가 흐려졌다.

벽을 짚고 있는 손에서 감촉이 사라졌다. 그렇게 생각한 순간, 이미 앨리스의 가냘픈 몸은 메마른 바닥에 쓰러져 있었다.

"…………윽…………?"

일어나야 한다.

그런 생각을 했지만, 어깨에도 다리에도 힘이 들어가지 않았다.

"성령이 없으면 아무것도 못 한다. 아까 그 말은 취소하마. 네가 성령 봉인의 감옥을 부술 줄은 몰랐어."

소녀가 맨발로 점점 멀리 걸어갔다.

풍성한 진주색 머리카락을 크게 휘날리면서.

"너는 온 힘을 다해 나에게 저항했다. 그것은 인정해주마."

"…………기…기다…………려……엇……."

시야가 혼탁한데도 필사적으로 날카롭게 시조를 쳐다봤다.
그 작은 뒷모습을 향해 손을 뻗으면서——.
앨리스는 이를 악물었다.
"……당신이 이 세계를 제멋대로 건드리게, 놔둔다면………… 나는………… 이스카를, 볼 면목이 없어진단 말이야…………!"

3

『성령 에너지. 참 보잘것없는 존재라고 생각하지 않나?』

대형 홀에 울려 퍼지는 루크레제우스의 선언.
『내 영혼을 담은 이 그릇은 현재, 최대 출력의 30% 미만밖에 힘을 발휘하지 못해. 동력원이 성령이면 이 정도가 한계야. 우리 팔대사도가 원하는 것은 이 그릇을 100%…… 아니, 200% 가동하기 위한 에너지다.』
"꿈이 상당히 크시네요."
『실제로 있거든. 리샤. 그 꿈같이 거대한 힘이.』
빰의 피를 닦아내는 천제의 참모. 은색 거인은 그 모습을 내려다보면서 한 발, 또 한 발, 땅 울림을 일으키며 다가왔다.
홀의 벽 근처로 리샤를 몰아세우면서.
『별의 중추에 도달하는 것은 천제가 아니다. 우리 팔대사도야.』
거인은 주먹을 아래로 휘둘렀다.

인간 하나쯤은 흔적도 없이 박살 낼 수 있는 힘으로.

『별로 돌아가라, 리샤.』

"……윽!"

리샤가 옆으로 점프했다.

들고양이처럼 날렵하고 유연한 순발력으로 바닥을 박차고 뛰어서, 루크레제우스의 주먹을 종이 한 장 차이로 피했다.

"아야. 상처가 벌어졌나 봐……."

"리샤 씨, 더 가요!"

붉게 부어오른 어깨를 누르는 리샤를 향해, 이스카가 소리를 질렀다.

아직 완전히 피하지 못했다.

거인의 주먹이 꽂힌 홀의 바닥이 쩍 갈라지자, 그 균열에 발이 걸린 리샤가 반사적으로 멈춰 서고 말았다.

——적의 목적은 처음부터 이렇게 발목을 잡는 것이었다.

그리고 진짜 공격은.

『이쪽이야.』

거인이 한 손을 쑥 내밀었다.

그 손바닥이 십자형으로 벌어지더니 거기서 강렬한 성령광이 흘러넘치기 시작했다.

그 빛이 하나로 응축되어——.

……저 빛!

……아까와 똑같은 성령 에너지 포격인가!

"숙여요!"

이스카가 포효했다. 그리고 천제의 참모를 감싸기 위해 뛰쳐나갔다.

흑강의 성검.

빛을 자른다는 신기(神技)는 이스카한테도 도박이나 마찬가지였다. 제대로 못 자르면 직격이다. 반쯤 기도하는 심정으로 이스카는 정신없이 검을 아래로 휘둘렀다.

――『성야견』.

섬광이 허공을 후려쳤다.

리샤를 태우려고 하는 극대의 빛. 그것이 흑강의 칼날에 의해 두 동강 나서 소멸했다.

"오! 이스캇치, 역시 굉장해."

『소용없는 짓이다.』

루크레제우스가 양손을 이쪽으로 내밀었다.

그 커다란 손바닥에서는 이미 좀 전보다 강렬한 성령광이 빛나고 있었다.

"……위력이 더 올라간다고?!"

『이 그릇의 출력은 무한대이다. 그 대신 동력원이 되는 성령의 소모가 심해지지만, 뭐 어때. 소멸하면 또 새로운 것을 손에 넣으면 되지.』

그토록 위력적인 에너지 포가 두 개 동시에 발사.

그것이 둘 다 사상 최대의 파괴력을 가지고 있다면…….

"으음…… 이건 좀, 위험할 수도 있겠는데?"

리샤가 중얼거렸다.

이스카에게만 들릴 정도로 작은 속삭임이니까, 이건 틀림없이 리샤의 진심일 것이다.

"어쩌지? 저기, 이스———."

총성이, 리샤의 속삭임을 날려버렸다.

탁…….

루크레제우스의 흉부에 부딪친 총탄은 장갑을 관통하지 못하고 찌그러져서 바닥 위로 굴러 떨어졌다.

『……뭐 하는 짓이냐.』

루크레제우스가 천천히 고개를 돌렸다.

저격총을 겨누고 있는 진을 향해. 그 총구에서는 흐릿한 초연이 피어나고 있었다.

『좀 전에도 시도해봤을 텐데? 이 외부 장갑은, 별의 요새라고 불리는 네뷸리스 왕궁과 같은 경도의 결정체이다. 전차의 포격을 당해도 끄떡없어.』

"알아."

『허무하지 않나? 그 쓸모없는 저격총으로 어떻게든 반항을 해보고 싶은 건가?』

"상당히 신경질적이시군."

『……뭐?』

"이봐, 팔대사도 씨."

진이 저격총을 내리더니.

더 이상 필요 없다는 듯이 여유로운 태도로 이야기했다.

"네놈의 연기는 너무 노골적이야. 대포로 공격해도 끄떡없다고? 그렇게 대단한 장갑이라면, 좀 더 쉽게 우리를 처리할 방법이 있을 텐데. 이 홀 전체를 날려버릴 폭탄이나 성령술을 사용하면 되잖아. 그러면 너 혼자만 살아남고 우리는 전멸할 거다. 안 그래?"

『————.』

"그러나 네가 선택한 것은 전부 다 국소적인 공격이었다."

주먹으로 리샤를 때리려고 했다.

성야견이라는 섬광도 오직 일직선으로만 관통하는 포격이다.

바닥에서 솟구친 불꽃도, 천장에서 떨어진 얼음기둥도, 모두 다 개인에 대한 공격 범위에 불과했다.

그래서 우리가 아슬아슬하게 살아남은 것이다.

……듣고 보니 옳은 말이었다.

……나도, 리샤 씨도 공격을 피하는 데 정신이 팔려서 눈치채지 못했지만.

처음 느끼는 위화감.

예를 들어.

만약에 앨리스가 이곳에서 적을 섬멸하고자 한다면 홀 전체를 얼려버릴 것이다.

가시의 순혈종 키싱이라면 홀을 「가시」로 꽉 채울 테고.

시조 네뷸리스는 아예 진의 말처럼 다짜고짜 홀을 폭염(爆炎)으로 싹 날려버릴 것이다.

그런데 루크레제우스는 그러지 않았다.

아주 단단한 갑옷으로 자기 몸을 보호하고 있으면서도.

"이 플로어의 벽은 성령 봉인의 감옥으로 뒤덮여 있다. 우리를 날려버릴 섬멸형 성령술을 사용하더라도, 그 흔적이 외부에는 전혀 안 남을 거야. 이봐, 팔대사도 씨."

『———.』

"이 홀을 통째로 파괴하지 못할 이유라도 있는 건가?"

『무슨 소리인지 모르겠군.』

"그럼 내가 말해주마. 답은 이거야."

진이 저격총을 치켜들었다.

마치 몽둥이 휘두르듯이 총을 힘차게 쳐들었다가 내리쳐서 등 뒤의 벽을 때렸다.

——검은색 돌기둥.

그것이 산산이 부서졌다. 진이 내리친 총신에 의해.

『……성정을 부수다니?!』

"이게 바로 결계를 지탱하는 기둥이잖아. 홀의 네 귀퉁이에 하나씩, 참 질서 정연하게 바닥에서 솟아났는걸. 바보라도 충분히 예상할 수 있지. 물론 결정적인 증거는 네놈의 볼품없는 연기였지만."

『……뭐라고?』

"네놈은 아까 성야견을 발사하기 전에 일부러 주먹을 크게 치켜들었다. 도대체 왜? 그것은 그때 리샤가 방구석에 있었기 때문이지."

일부러 주먹을 피하게 한다.

그럼으로써 장소를 이동시킨 것이다. 리샤의 등 뒤에는, 결계를 지탱하는 검은색 돌기둥이 있었으므로.

만에 하나라도 공격의 여파로 기둥이 훼손될까 봐 걱정했던 것이다.

"네놈이 너무 심하게 신경질적이어서 한눈에 알 수 있었어. 성령 에너지를 가두는 이 결계 말인데, **그 기둥만은 물리적으로 엄청나게 약하다**는 것을."

『윽!』

루크레제우스의 말문이 막혔다.

그리고 그의 등 뒤. 홀 오른쪽 구석과 왼쪽 구석에서 동시에.

"대장님, 그쪽, 빨리!"

"알았어어어어어엇!"

벽에서 뜯어낸 모니터를 끌어안은 네네와 미스미스 대장이 그대로 힘차게 그 모니터를 검은색 돌기둥에다 던졌다.

——파쇄.

루크레제우스가 막을 새도 없이 두 번째, 세 번째 돌기둥이 박살났다.

남은 것은 단 하나.

"아하~. 그래, 나랑 이스캇치가 눈치채지 못한 것도 당연해. 우리는 공격을 피하느라 필사적이었으니까."

리샤가 자세를 잡았다.

공이라도 던지는 것처럼 주먹을 한껏 치켜들더니.

『자, 잠깐, 리————.』

"자, 이걸로 네 번째."

딱! 하고 돌기둥이 허무하게 두 동강이 났다.

그 직후.

홀의 벽을 뒤덮었던 검은색 장막이 마치 안개가 걷히는 것처럼 사라져갔다.

"결계가 사라졌네?! 우와, 역시. 진 군의 말대로 이게——."

『그래봤자 변하는 것은 하나도 없어.』

"……헉?!"

은색 거인이 미스미스 대장을 내려다보자, 대장의 표정이 굳어졌다.

『성령 봉인의 감옥은 어차피 부속품에 불과하다. 이곳에서 발생한 다툼을 천제가 알게 되면 좀 귀찮아지니까 대책을 세워본 것이지. 다시 말해, 고작 그게 전부라는 거다.』

천제는 이 전투를 감지할 것이다.

하지만 그래봤자 머나먼 제도에 있으니까.

천제는 간섭하지 못한다.

반면에 팔대사도는 여기서 마녀 공주만 없애면 목적 달성이다.

『결계가 부서진 이상, 이제는 스스로 위력을 제한할 필요가 없다. 자네들이 지적한 광범위 성령술로 이 지하 홀 전체를 날려주마. 자네들까지 통째로——.』

"여기 있었구나."

그때 이변이 일어났다.

천장이 순식간에 어두운 구름 모양으로 변해갔다.

『……이건 뭐지?』

루크레제우스가 수상하다는 듯이 지켜보는 그 머리 위 공간에서——.

천장의 암운이 소용돌이치더니, 날씬한 소녀 하나가 구름 속에서 서서히 내려왔다.

진주색 머리카락을 휘날리면서.

형형한 분노로 눈을 빛내고 있는, 최강 최대의 성령술사가——.

"나를 피해 도망칠 수 있을 거라고 생각했느냐? 제국인."

『대마녀 네뷸리스?!』

팔대사도 루크레제우스가 처음으로 낭패한 모습을 보여줬다.

——너무 늦게 깨달았다.

성령 봉인의 감옥이 부서지는 바람에, 이 홀에 가득 차 있던 성령 에너지가 엄청난 기세로 지상을 향해 솟구쳤을 것이다.

그 방대한 성령 에너지를 감지하고 무시무시한 괴물이 날아온 것이다.

천제가 아니라.

설마 시조를 불러들이게 될 줄이야.

『……네뷸리스 왕궁 부근에서 관측된「진동」. 네가 눈을 뜨는 징조란 것은 눈치챘는데, 여기까지 알고 찾아올 줄은 몰랐다, 네뷸리스!』

"사라져."

『사라져라, 네뷸리스!』

모든 일이 동시에 이루어졌다.

시조 네뷸리스가 오른손을 들었고 루크레제우스가 왼손을 들었다.

시조 네뷸리스의 성령술과, 루크레제우스의 손바닥에서 발사된 섬광이 격돌──.

그리고 성야견의 섬광이 시조 네뷸리스를 **통과했다.**

반면에 시조의 성령술은 오로지 빛밖에 없었다.

먼지 한 톨만큼의 불꽃도 폭풍도 없이, 그저 아래쪽에 있는 루크레제우스를 비추다가 사라졌다.

『…………**이건, 설마?!**』

루크레제우스의 온몸이 부르르 떨렸다. 눈앞에서 일어난 일이 너무 충격적이어서.

간과했던 것이다.

지금 자신이 있는 장소가 도대체 어떤 건물의 지하인지.

"리샤 씨에게서 들었어요."

담담하고 엄숙하게 이야기하는 마녀 공주.

자신의 가슴팍에 손을 댔다.

그곳에는 은은하게 빛나는 「등불」의 성문이 있었다.

"이곳은 제국의 폐공장. 100년 전, 시조님의 화염에 휩싸여 불타버린 공장들이 지금도 그대로 남아 있다고요. 이곳은 그중 하나라고 하더군요."

『……!』

"그래서 눈치챘어요. 100년 전에는 시조님이 이곳의 상공에 있었으리란 것을!"

그 영상을 불러냈다.

이 방을 뒤덮었던 성령 봉인의 감옥이 부서짐으로써, 시스벨의 성령술이 드디어 발동 가능한 상태가 된 것이다.

――딱 한순간이면 족했다.

환영을 진짜 시조라고 착각한 루크레제우스가 자기 머리 위를 경계해주기만 하면 됐다.

그 한순간이 필요했던 것이다.

팔대사도 루크레제우스가 처음으로 보여준「빈틈」. 그 틈을 놓치지 않고, 사도성 두 명이 움직였다.

"너희들 진짜 최고야. 일 잘하네?"

꽉.

리샤가 자아낸 실이 화려하게 휘어지면서 루크레제우스의 양팔과 양다리를 구속했다.

『……리샤!』

"밑을 보셔야지."

이스카가 루크레제우스의 발밑에서 바닥을 박차고 도약했다.

흑의 성검.

그 칼날이 상대의 가슴 장갑을 베었고——.

『하나같이 약아빠졌구나!』

거인의 음성이.

아니, 팔대사도 루크레제우스의 포효가 폐공장을 뒤흔들었다.

『리샤. 흑강의 후계자. 마녀 공주. 전부 다 부질없다는 것을 왜 모르는 것이냐?!』

리샤의 실이 쉽게 끊어진다는 것은 이미 입증됐다.

이스카의 성검이 베어낸 것도 루크레제우스의 흉부 장갑. 즉, 고작 장갑에 불과했다.

시스벨의 성령술도, 환상이란 것을 알면 두려워할 필요가 없었다.

『끝이다. 모든 것이 끝난 거야. 이 그릇의 최대 출력으로 이 일대를 초토화할 것이다. 너희들은 도망칠 방법이…….』

"네네, 쏴!"

"진, 지금이에요!"

"——미스미스, 명중시켜야 해, 알았지?"

이스카, 시스벨, 리샤.

세 사람의 목소리가 혼성 합창과 같이 아름답게 겹쳐지자, 그 기적에 응답하는 것처럼.

세 발의 총탄이 루크레제우스의 흉부를 꿰뚫었다.

이스카가 베어낸 흉부 장갑.

거기서 노출된——.

그 안쪽에 있는 「성령 봉인의 감옥」, 즉 성령을 가둬놨던 감옥이 세 발의 탄환에 맞아 부서졌다.

『………어…………? …….』

루크레제우스의 움직임이 멈췄다.

체내 동력원에서 돌연 에너지 공급이 중단된 것이다.

"기계에 성령은 깃들지 않는다. 그런 이야기를 방금 들었잖아?"

네네가 권총을 겨눈 채 말했다.

"그, 그러니까…… 성령을 가둬놓은 그 감옥에 구멍만 뚫어주면, 성령은 저절로 도망치는 거야. 이제 당신은 동력원을 잃어서 움직이지 못하는 거지!”

네네 옆에서 미스미스 대장이 그렇게 목소리를 쥐어짜냈다.

“……사실, 이건 전부 다 진 군의 아이디어지만.”

“그게 중요한 게 아니잖아.”

대장의 한 발 뒤에서.

진은 이미 애용하는 저격총을 어깨에 메고 있었다.

루크레제우스의 흉부에 뚫린 커다란 구멍. 거기서 신비롭게 빛나는 「무언가」가 흘러나오더니 허공으로 떠올랐다.

——성령.

루크레제우스의 동력원이었던 그것이 지금 해방된 것이다.

“규격 권총, 서서 쏘기, 30m. 제국군 병사라면 결코 실패해선 안 될 조건이지. 과녁만 노출된다면, 눈 감고도 명중시킬 수 있어.”

『——————————————.』

“너는 우리를 무시했다. 한낱 제국 병사를.”

그것이 실수였다.

제국군 병사 중에 **시시한 졸병은 없다**.

——성령 봉인의 감옥의 구조를 간파하고, 그 기둥을 부숴서 파괴.

——루크레제우스의 가슴을 꿰뚫은 세 발의 탄흔.

이스카도, 리샤도 아니었다.

그 전과는 모두 다 제907부대의 몫이었다.

『…………너희들은…….』

비틀. 거인이 휘청거렸다.

그 몸뚱이를 뒤로 확 젖히면서 쓰러졌다.

『……이 별의…… 미래를 잃으려는 것이냐…………? 내가, 우리 팔대사도가 없으면…… 그 마녀를, 대체 누가 제어할 수 있단 말이냐…….』

저주하는 것처럼.

마치 미래를 보고 온 것처럼 단말마의 소리를 내면서——.

『세계 최후의 마녀를.』

루크레제우스는 모든 에너지를 잃고 가동이 정지됐다.

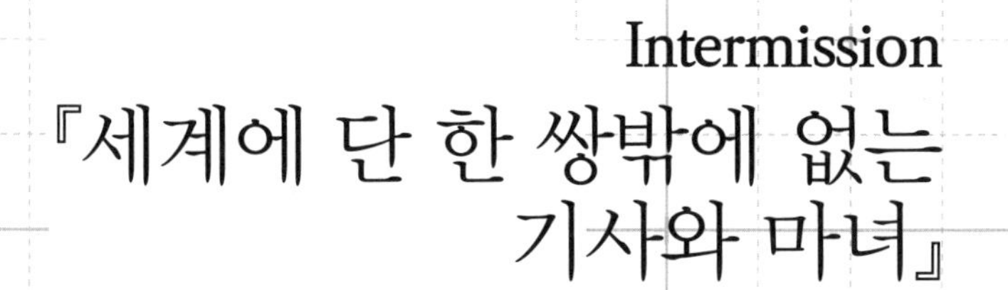

Intermission
『세계에 단 한 쌍밖에 없는 기사와 마녀』

the War ends the world /
raises the world

"제1왕녀 일리티아 루 네뷸리스 9세."
"지금 수조 속에 있는 당신은 의식을 잃었으니까. 이 틈에 고백할게. 아니, 이건 참회일지도 몰라. 나는 당신을 실패작으로서 처분해야만 해."

"당신은 가장 약하고 형편없는 순혈종이다."
"「음성」의 성령…… 정말 웃음밖에 안 나올 정도로 약한 성령이지."

"그러나 그 대신, 당신의 육체는 무서운 가능성을 간직하고 있었어."
"설마 그것과 융합해서 이 정도로 자아를 유지할 줄이야."
"당신은 위험해. 나와 팔대사도의 의견은 일치했어. 별의 중추에서, 당신이 그것과 완전 융합을 하게 된다면 이 세계는 멸망할 것이라고."
"그래서 당신을 처분할 거야."

그것이——.

미친 과학자 켈비나가 수조 속의 자신에게 마지막으로 했던 말이었다.

"……미안하게 됐어."

쿡쿡거리는 웃음소리.

불 꺼진 조그만 방 안.

달이 보이는 창가에서 창틀에 손을 얹은 채, 일리티아는 읊조리듯이 그런 말을 했다.

일리티아 루 네뷸리스 9세.

구불구불 물결치는 머리카락은 참으로 아름다운 금빛 에메랄드그린이었다.

그 외모는 마치 여신처럼 어여쁘고, 그 풍만한 육체는 세상의 모든 남자들을 사로잡을 정도로 달콤하고 고혹적이었다.

그런 궁극의 아름다움을 마법이라고 부른다면——.

이 왕녀보다 더 「마녀」에 적합한 자는 없을 것이다.

"그 수조 속에서도 당신의 목소리는 잘 들렸어. 켈비나. 의식을 잃은 나를 대신해서, 내 육체 안에 있는 그것이 당신의 혼잣말을 들었던 거야."

그래서 탈주했다.

자신의 힘을 두려워하는 팔대사도가, 자신을 제거할 계획이란 것을 알았으므로.

그러나——.

현재 일리티아는 포로로서 제국으로 연행되어, 지금은 또다시 팔대사도의 감시를 받고 있었다. 이 작은 방도 팔대사도가 제공해준 것이었다.

"…………."

천장의 감시 카메라를 쳐다봤다. 지금 이렇게 카메라를 쳐다보고 있는 자신의 모습을, 팔대사도는 어떤 심정으로 마주 보고 있는 걸까.

여신 같은 미녀를 바라보는 기분?

아니다.

미지의 괴물을 주시하는 관찰자 같은 심정일 것이다.

과연 **앞으로 어떤 괴물로 성장할지**. 팔대사도로서도 완벽하게 예측하진 못했을 테니까.

"……얼마 안 남았어."

이러는 동안에도 일리티아의 이마에서는 폭포수 같은 땀이 흘러내리고 있었다.

온몸을 좀먹어가는 한기와 현기증.

의식을 잃어버릴 것 같은――.

아니, 의식을 강탈당할 것 같다는 표현이 더 정확할 것이다.

육체가 점점 변이되고 있었다.

절세의 미모를 한 꺼풀 벗겨보면, 더없이 무서운 괴물이 등장할 것이다. 마녀 비소와즈나 타천사 켈비나처럼 「인간이 아닌 존재」의 모습조차도 차라리 귀여워 보일 정도로.

……하지만 이것은.

……내가 스스로 원했고, 내가 자진해서 받아들인 것이니까.

별의 중추에 잠들어 있는「성령을 능가하는 것」.

그 힘을 받아들임으로써, 이 육체는 인간이 아닌 괴물로 변모하기 시작했다.

"윽!"

격렬한 구토감에 휩싸인 일리티아의 몸이 기역자로 확 구부러졌다.

그러나 아무것도 토하지 않았다.

식사는커녕 물조차도 벌써 일주일 이상이나 입에 대지 않았기 때문이다. 토사물이 될 만한 것이 위 속에 남아 있지 않았다.

……직감적으로 알 것 같아.

……오늘 밤이「마지막」이란 것을.

인간으로 있을 수 있는 마지막 날.

어째서 그런 예감이 들었느냐 하면, 이 한기와 현기증과 구토감이 기분 좋게 느껴졌기 때문이다.

나는 내 육체가 점점 변형되는 것을 기뻐하고 있었다.

마침내 그날이 온 것이다.

완전한 괴물로 완벽하게 변신하는 그날 밤이.

"……죄송해요. 어마마마."

머나먼 네뷸리스 황청의 여왕을 향해.

세 자매 중 장녀는 고뇌에 빠져 갈라진 목소리를 쥐어짜냈다.

"저는…… 어마마마의 황청을…… 부술 겁니다. 이 힘으로…….
제 안에 있는 힘이 완전해지면…… 더 이상 두려울 것은 하나도 없어요……. 어마마마도, 앨리스도…… 설령 시조님이 제 앞을 가로막는다고 해도……."

모든 성령술사를 능가한다.

모든 마녀를 능가한다.

모든 힘과 권력과 성령을 능가한다.

"이 세계의 모든 것이 내 적이 되더라도, 나는, 내가 원하는 대로 세계를 주무를 거야."

저벅.

문 너머에서 울려 퍼지는 구두 소리. 그것이 누구의 발소리인지 눈치챈 일리티아의 입가에는 작은 미소가 떠올랐다.

방금까지 지었던 냉소가 아니었다.

마음을 터놓은 자에게만 보여주는 여신의 미소였다.

"괜찮아. 들어와, 요하임."

문이 열렸다.

주홍 머리의 키 큰 기사가 꾸벅 인사를 하더니, 일리티아 앞까지 다가왔다.

——사도성 제1위 『순(瞬)』의 기사 요하임.

천제의 호위인 남자.

그리고 과거에, 여왕을 감싼 자신을 베었던 남자.

"여왕을 감싼 제1왕녀 일리티아가, 사도성 요하임의 칼에 베였다."

바로 그 검사가.

지금 일리티아와 단둘이 마주 섰다. 그리고 한쪽 무릎을 꿇었다.

마치——.

마치 사랑하는 공주님을 지키는 기사처럼.

"————."

"신기하네, 요하임. 당신이 밤에 내 방에 찾아오다니."

차분한 미소를 지으며 맞이하는 일리티아.

"그리고 수고했어."

자기 앞에 무릎 꿇은 검사의 머리에 손을 얹더니, 그 주홍빛 머리카락을 가볍게 쓰다듬어줬다.

"당신이 있어서 내 계획이 여기까지 진행된 거야. 왕궁을 탈출할 때도, 당신이 없었다면 이렇게 성공하진 못했을 테지."

"————."

"어마마마는 루 가문의 배신자가 나라는 것을 어렴풋이 짐작했어. 그래서 연극을 할 필요가 있었던 거야. 내가 어마마마를 감싸고 당신의 칼에 베인다. 그러면 나에 대한 의혹도 풀릴 거다. 안 그래?"

"————."

"아, 그런데 걱정하지는 마. 당신이 벤 상처는 이미 나았으니까."

얇은 잠옷 차림으로.
일리티아는 자신의 풍만한 가슴에 손을 대면서 말했다.
"이거 봐. 괜찮지?"
상처 하나 없었다.
틀림없이 죽을 것 같았던 그 처참한 상처가, 딱지조차 안 남고 완벽하게 치유됐다.
"당신은 싫어했지만――."
"일리티아 님."
무릎을 꿇은 채.
고개 숙인 기사가 낮게 눌러 죽인 목소리로 말을 이었다.
"주군을 베라는 명령을 받은 부하의 심정을, 부디 알아주시길 바랍니다."
"!"
"두 번 다시 그런 명령은 듣지 않겠습니다. 저는 그 이야기를 하러 온 것입니다."
"…………."
한순간 놀라서 눈을 깜빡거렸다.
그러나 곧 에메랄드그린 머리카락의 마녀는 살짝 쓴웃음을 지었다.
"고마워. 요하임."
거짓 없는 자애의 목소리로 말했다.
그것이 가장 큰 감사의 표시이다. 왕녀의 눈빛이 그렇게 말하고 있었다.

"……그래. 그 싸움에서 제일 괴로웠던 사람은 당신이었을 거야."

제국군이 습격한 네뷸리스 왕궁에서.

일리티아는 애초부터 칼에 베일 계획이었다.

사도성 요하임이 여왕을 궁지에 몰아넣고——.

자신은 그런 여왕을 감싸주고 칼에 베임으로써, 제국으로 끌려가는 상황을 자연스러운 것으로 위장하는 데 성공했다.

계획을 알고 있었던 사람은 딱 세 명이었다.

자기 자신, 요하임, 그리고 히드라의 마녀 비소와즈.

"어서 가. 나도 지금부터 중요한 역할을 수행해야 하니까."

"흥! 나 같은 몸뚱이여도 칼을 맞으면 아파. **사도성의 칼을 맞으면** 엄청나게 아플걸?"

전부 다 일리티아의 책략대로였다.

여왕은 속았다.

차녀 앨리스리제도 마찬가지였다. 언니를 칼로 베어버린 제국군을 용서할 수 없다——오로지 그 일념으로, 이스카와 원치 않는 싸움을 다시 벌이기까지 했다.

"그 덕분에 나는 제국으로 망명할 수 있었어. 난 어떻게든 황청에서 탈출하고 싶었거든. 딸이 괴물로 변하는 장면을 어머니에게 보여드리고 싶지 않았으니까. 이해하지?"

"――――――."

"요하임. 일어나."

시키는 대로 사도성 제1위가 일어났다.

한편 일리티아는 여전히 창가에 걸터앉아 있었다. 자신을 가만히 내려다보는 그 남자의 시선을 정면으로 받아내면서.

"아마 오늘 밤일 거라고 생각해. 이제 한두 시간만 지나면 나는 틀림없이 인간이 아니게 될 거야. 얼마나 추한 모습이 될지, 나도 잘 모르겠어."

"네."

"후회는 하지 않아. 나와 당신의 꿈을 이루기 위해서잖아. 그 힘을 얻기 위해서니까."

"네."

"……하지만."

일리티아의 말문이 막혔다.

그녀는 입술을 깨물더니, 오열을 삼키는 것처럼 어깨를 파르르 떨었다.

"……당신이…… 내 모습을 보고 무서워한다는 것은, 그것만은…… 아직도 무서워…………."

"――――――."

"내 모습을 보고 웃어도 돼. 진심으로 경멸해도 돼. 하지만 제발 부탁이야……. 내 모습을 보고, 무서워하는 것만은――――아!"

정적에 휩싸이는 작은 방.
일리티아는 꼼짝도 하지 않았다.

그저 한 호위병에게 온몸으로 꽉 끌어 안겨 있었다.

"일리티아 님."
"…………."
"내가 당신의 방패다. 당신이 세계 최후의 마녀라면, 나는 그 마녀를 지키는 세계 최후의 기사가 되겠다고 약속할게."
사도성 제1위『순』의 기사 요하임――.
천수부에 머무르면서 한시도 천제의 곁을 떠나면 안 되는 그 남자가, 어째서 이 늦은 밤에 유폐된 마녀를 찾아왔는가.
그 이유는.
――진정한 주군이므로.
두 사람은 이 세계에 딱 두 명밖에 없는 주종이었다.
기사 요하임 레오 아르마델이 모시는 주군은 오직 일리티아 하나밖에 없었고.
왕녀 일리티아의 기사는 오직 요하임 하나밖에 없었다.
그동안 쭉.
쭉 두 사람은 그들 두 사람만의 싸움을 계속해왔다.
"황청에서 태어난 나는 성령이 약하다는 이유로 성령 부대에 들어가지 못하고 낙제했다. 그런데 황청이라는 성령지상주의 국가에서, 단 한 사람만 나에게 말을 걸어줬어. '우리는 닮은 꼴이구나'라고. 오직 당신만은 그렇게 웃으면서 나에게 손을 내밀어줬어."

"…………."

"일리티아. 그러니까 나는 당신을 위해 싸울 거야."

"…………."

"나를 의심하지 마. 나를 믿어. 나를 이용해라. 나에게 명령해라. 당신이 당신으로서 존재하는 한, 나는 영원히 당신의 기사일 거야."

"…………어휴. 당신은 진짜 고집쟁이구나."

아름다운 마녀가 눈을 감았다.

이미 일주일 넘게 수분을 섭취하지 않았다. 메마른 사막처럼 완전히 말라버린 육체인데도…… 눈을 감지 않으면, 뭔가가 끊임없이 흘러넘칠 것만 같아서.

"요하임."

"네."

"같이 부수자. 그리고 같이, 이 별에 진정한 낙원을 건설하자. 아무리 약한 인간이나 성령술사라도 차별받지 않는 낙원을 만드는 거야."

"네."

"제국은 방해가 돼. 왜냐하면 성령술사를 박해하니까."

"황청도 그렇습니다. 강한 성령술사는 약한 성령술사를 지배합니다. 약한 성령술사는 성령이 없는 인간을 멸시합니다."
"천제도."
"시조도."
"별(루)도——."
"달(조아)도——."
"태양(히드라)도——."
"팔대사도도——."
"네뷸리스 왕가도——."
"성령까지도——."

"전부 다 내가 부술 거야. 나는 그러기 위해서 세계 최후의 마녀가 될 거야."

그날 밤.
제도의 교외에서, 상상을 초월할 정도로 끔찍한 고통의 비명소리가 들렸고——.
그로부터 몇 시간 후.

인간이 아닌 존재의 환희의 「노랫소리」가 울려 퍼졌다.

Epilogue
『시작이자 최악인 날』

the War ends the world /
raises the world

1

눈을 떴을 때.

앨리스는 홀로 자기 방 침대에 누워 있었다.

"————."

"애, 앨리스, 정신이 들어요?!"

"……어마마마?"

침대 옆에 앉아 있던 여왕이 이쪽을 돌아봤다.

상반신을 일으킨 앨리스를 보고 안심한 걸까. 여왕은 가슴을 쓸어내리며 안도의 한숨을 쉬었다.

"다행이에요. 당신이 지하에 쓰러져 있다는 이야기를 부하에게서 들었을 때는, 내 머릿속이 새하얗게 변하는 것 같았어요. 어머니를 너무 걱정시키지 말아요, 알았죠?"

"……어, 저는…… 으윽!"

앨리스는 지끈거리는 머리를 누르고 얼굴을 찌푸렸다.

몽롱했던 정신이 점점 맑아지자, 마지막으로 봤던 광경이 서서히 머릿속에서 명확한 이미지로 변해 갔다.

"시조."
"당신은 제국을 불태우려는 거지?"

그랬다.
이 왕궁 지하에서 시조 네뷸리스가 눈을 떴다.
자신은 그것을 막으려고 했는데——.
그 성령 봉인의 감옥이라는 결계에서 탈출은 했지만, 완전히 기진맥진해지고 말았다.
"어마마마!"
침대에서 벌떡 일어났다.
괜찮아. 두통과 피곤함만 참으면, 몸 자체는 별다른 지장 없이 움직여지니까.
"큰일 났어요! 관 속에 들어 있던 시조님이 결국 눈을 떠서……!"
"네. 그런 것 같네요."
여왕이 시선을 옮겼다. 앨리스의 방 창문으로.
"순찰병과 대신과 그 외 많은 사람이 시조님의 모습을 목격했습니다. 너덜너덜해진 외투를 걸친 채 한동안 상공에 떠 있었다고 하더군요."
"……그래서, 그다음은요?"
"홀연히 사라졌다고 합니다. 학자들의 의견으로는, 공간이동 계열의 성령의 힘이 아닐까 하고——."

"아아, 역시 그랬군요!"

어금니를 꽉 깨물었다.

시조는 틀림없이 제국으로 갔을 것이다. 그 중심에 있는 제도로 가서, 그곳을 모조리 불태워버릴 작정인 것이다.

……웃기지 마.

……제도에는 린이 붙잡혀 있고, 또 이스카도 있단 말이야!

게다가 황청의 부하도 있었다.

제국 내부에서 정보를 수집하는 스파이도 많이 있었다. 시조는 그런 사람들까지도 전혀 봐주지 않고 다 불태워버리려는 것이다.

아직 안 늦었다.

그 악몽이 현실이 되기 전에.

"……그래, 꼭 해내야 해. 앨리스."

저도 모르게 앨리스는 주먹을 불끈 쥐었다.

결심은 했다.

언젠가는 반드시 자신도 「그곳」으로 가야 할 때가 올 거라고 생각했었다. 그것이 바로 지금이었다. 단지 그뿐이다.

"……좋아, 정했어."

"앨리스? 왜 그래요?"

"어마마마. 저는 이제 망설임을 버렸어요. 아니, 더 이상은 도저히 못 참겠어요!"

자리에서 일어난 여왕과 마주 봤다.

시선과 시선이 부딪쳤다. 앨리스는 진지하게 고개를 끄덕이며 말했다.
"더 이상 그 시건방진 여자애한테 휘둘리는 것은 딱 질색입니다."
"여자애?"
"시조님 말이에요."
"네?! 애, 앨리스, 그게 무슨 소리예요. 시조님을 여자애라고 부르면……."
"사실이잖아요. 저희가 얼마나 큰 피해를 보는데요!"
가슴속에 쌓인 울분을 마음껏 토해내면서.
앨리스는 방 전체에 울려 퍼지는 성량으로 선언했다.
"제가 제국으로 갈 거예요. 시조를 막기 위해서! 그리고 린을 구하기 위해서!"

2

제도――.
세계 최다 인구 집결지로 알려진 이 도시는 세 개의 지구로 나뉘어 있었다.
제1지구는 정치 시설과 연구 기관의 집합지.
정책 전권을 가지고 있는 의회가 소집되어서 제국의 모든 것을 결정하는 곳이다.
제2지구는 거주 구역.

제도의 백성 중 70%는 여기서 생활한다. 주택지 옆에는 세계 유수의 번화가가 있는데, 이곳에는 전 세계의 관광객들이 찾아온다.

그리고 제3지구가 군사 거점.

제국군이 상주하는 장소이자, 광대한 연습장이 집중된 곳이었다.

"……마침내 제도에 왔군요."

제2지구의 광장 앞——.

수송차에서 내린 시스벨이 하늘을 우러러봤다. 지금은 이미 한밤중. 태양은 지평선 저 너머로 가라앉았고, 은은하게 **옅은 어둠**이 깔린 하늘이 펼쳐져 있었다.

새까만 하늘이 아니었다.

한밤중임에도 불구하고 제도의 하늘은 밝았다.

"……이렇게 밝은 밤하늘이라니. 지독한 위화감이 느껴지네요."

시스벨이 반쯤 기막혀하면서 탄식했다.

"제2지구라고 했나요? 번화가 건물들의 조명이 이렇게 강하면 별빛이 전혀 보이지 않잖아요. 황청에서는 있을 수 없는 일이에요."

"쉿, 남들이 다 듣겠어요. 시스벨 씨."

당황하여 시스벨에게 그렇게 속삭인 사람은 미스미스 대장이었다.

이곳은 제도.

세상에서 가장 경비가 삼엄한 도시였다. 감시 카메라와 성령 에너지 검출기가 도처에 설치되어 있었다.
"진 오빠. 우리 진짜 오랜만에 돌아왔다, 그렇지?"
"어, 그래. 우리한테는 지겨울 정도로 익숙한 본거지인데."
"……하지만 네네는 말이지, 별로 기쁘지 않은 것 같아. 오히려 긴장돼."
"그래, 중대한 볼일이 있으니까."
진과 네네가 나란히 서서 쳐다보는 곳에는 검문소가 있었다.
제3지구로 들어가는 입구. 그 안쪽에는 작전 기지와 연습장 등 군사 거점이 잔뜩 있었는데, 우리의 목적은 그곳이 아니었다.
——천수부.
천제 융메룽겐이 기다리고 있는 「창문 없는 빌딩」으로 간다.
그곳에는 포로가 된 린도 있었다.
"천제에 대한 알현. 도대체 무엇이 우리를 기다리고 있을지, 생각도 하기 싫어. 이스카, 그 천수부라는 곳에 너는 한 번 들어갔었지?"
"……응, 딱 한 번."
진 옆에서 이스카는 살짝 고개를 끄덕였다.
사도성으로 승격됐을 때였다. 단, 천제를 알현했을 때 애초에 이스카의 눈앞에 나타난 것은 천제의 대역이었다.
그러나 이번에는 다르다.
천수부에서 기다리는 것은 진짜 천제 융메룽겐.
더구나 천제와 자기들이 접촉하기를 바라지 않는 자들이 있었다.

……리샤 씨는 팔대사도 루크레제우스라는 전뇌체가 사라졌다고 말했다.

……우리는 그것을 쓰러뜨렸으므로, 틀림없이 목숨의 위협을 받을 것이다.

팔대사도가 적이 되어버린 것이다.

제도에서도 방심할 수는 없었다. 언제 어느 때에나 팔대사도의 사주를 받은 자객이 우리를 덮칠 가능성이 있으므로.

"자~ 다들 오래 기다렸지?!"

차 안에 머물러 있던 리샤가 한발 늦게 수송차에서 내렸다.

뺨에는 반창고를 붙이고, 허벅지에는 붕대를 감고 있었다.

물론 그것은 팔대사도와의 전투가 남긴 흔적이었다. 하지만 그런 고통 따위는 개의치 않고, 본인은 평소와 마찬가지로 표표한 말투로 이야기했다.

"천제 폐하와 연락을 했어. 천수부에서 기다릴 테니까 지금 당장 오라고 하셨어. 자, 그러니까 우리는 앞으로 한 시간 후에는 천제 폐하를 만나게 될 거야."

"……저기요. 질문 하나 해도 돼요?"

"응, 뭔데? 이스캇치."

"팔대사도는요?"

"응? 아, 그야 물론 보고했지. 폐하에 대한 모반을 꾀하고 있다고."

이곳은 제도의 광장.

누구나 이야기를 들을 수 있는 장소인데, 그래도 리샤는 신경 쓰지 않는 듯했다.

"하지만 천제 폐하도 그건 이미 예상하던 일이야. 중요한 것은 내가 입으로 보고하는 것이 아니라, 천제 폐하가 그 눈으로 직접 보시는 거야."

"……시스벨의 성령으로?"

"응, 맞아. 그래서 여기까지 온 거야. 그럼 이제 출발할까?"

리샤가 검문소를 가리키더니 의기양양하게 걸음을 뗐다.

이스카도 그 뒤를 따르려고 했다. 그런데 그때.

"……어?"

뭔가를 느꼈다.

희미한, 아주 희미한 그리움.

발소리? 냄새?

이스카는 자기도 모르는 사이에 저절로 이끌리듯이 고개를 돌렸다.

그리고 믿을 수 없는 인간의 모습을 봤다.

"…………꾸, 꿈인가……?"

"뭔 소리냐. 멍청한 제자야."

"……아니, 왜…… 스승님이……."

"내가 제도에 돌아온 것이 그렇게 놀라운 일이냐?"

나른한 그 어조.

그리고 몇 년 전과 다름없이 온통 시커먼 풍모——.

이스카의 스승, 크로스웰 네스 리뷔게이트가 그곳에 있었다.

군살이라곤 하나도 없는 늘씬한 체형과 검은 머리카락. 또 롱 코트를 걸치고 있었다.

과거의 사도성 제1위.

과거의 성검 소유자.

그리고 이스카와 진의 스승이기도 한 남자였다.

몇 년 전 일이었다. 그는 이스카에게는 성검을 주고 진에게는 저격총을 주더니, 그대로 홀연히 제도에서 모습을 감춰버렸다.

이런 때 이런 곳에서 재회하다니. 이게 말이 되나?

"앗, 크로 선생님?!"

"뭐……? 크로 선생님? 아, 그럼 혹시 이스카 군과 진 군의 스승님이야?!"

눈을 동그랗게 뜨는 네네와 미스미스 대장.

그런 두 사람 옆에서 시스벨은 어리둥절하여 고개만 갸웃거리고 있었다.

"뭐, 뭐예요?! 당신들끼리만 신나게 떠들어대다니…… 저기요, 진? 이 남자는 도대체 누구죠?"

"나와 이스카의 스승님이다."

"……뭐라고요?"

"나도 너와 똑같은 심정이야. 너무 갑작스러워서 뭐가 뭔지 모르겠다."

그렇게 대꾸하는 진도 웬일로 쓴웃음을 짓고 있었다.

대부분의 일에 관해서는 '이미 예상했다'라는 태도를 유지하는 이 저격수조차도, 이런 사태는 예상하지 못했나 보다.

"이봐, 스승님. 대체 무슨 일이야?"

"무슨 일? 뭐가?"

"이런 시각에 이런 곳에서 재회한다는 것이 우연일 리 없잖아? 아무리 봐도 당신이 우리를 기다린 건데. 아니면 이것도 당신이 꾸민 짓인가, 천제의 참모 씨?"

"……에이, 그럴 리가~."

진이 리샤를 노려보자, 리샤는 어깨를 으쓱했다.

"오히려 내가 궁금한걸. 만나서 반갑습니다, 전임 제1위 크로스웰. 천제 폐하를 통해서 당신의 이야기는 많이 들었습니다."

"——그래, 그거 말인데."

스승이 바라보는 상대는 리샤가 아니었다.

그는 똑바로 이스카를 보고 있었다.

"융메룽겐을 만나러 갈 거면 서두르는 게 좋을 거야."

천제가 아니라 융메룽겐.

이 제국의 최고 권력자를, 칭호가 아닌 「이름」으로만 부르더니.

"내 용건은 그게 전부다."

"……뭐?! 아…… 아니, 잠깐만, 스승님?!"

이스카가 제지했지만, 너무 늦었다.

옛 스승은 순식간에 그 자리에서 빙글 돌아서서 번화가 쪽으로 걸어 가버렸다.

"저기, 스승님! 나도 이것저것 물어보고 싶은 것이——."

"난 바빠."

"아니, 잠깐만!"

"세상에서 제일 흉포한 가족이 날뛰는 것을 어떻게든 진정시켜야 한다는 볼일이 있어. 슬슬 제국 국경에 도달할 테니까."

"……?"

"나머지는 융메룽겐에게 물어봐. 겉모습은 위험해 보여도, 적어도 악당은 아니야."

무슨 뜻인지 모르겠다.

몇 년 만에 겨우 재회했는데, 스승님은 도대체 자신에게 무슨 말을 하려는 걸까. 이스카의 그 내적인 곤혹스러움 따윈 전혀 모르는 것처럼——.

과거의 성검 소유자는 혼잡한 거리 속으로 사라져갔다.

3

같은 시각——.

천수부.

창문 없는 빌딩으로 알려진 거대한 건조물의 가장 깊숙한 안쪽에서.

"별은 기억한다. 이 지상의 모든 일을."

노래하는 것처럼. 시를 짓는 것처럼.

은색 모피를 지닌 수인——천제 융메룽겐은 붉게 칠해진 천장을 우러러보며 가볍게 읊조리고 있었다.

"너무나 기다려지는구나. 피가 끓어. 빨리 와, 등불의 마녀."

"……시스벨 님이라고 불러라."

짜증스러운 목소리.

서 있는 천제의 등 뒤에서는, 린이 불쾌한 얼굴로 다다미 위에 앉아 있었다.

"시스벨 님이 곧 오신다는 거지? 미리 말해두지만, 그분 앞에서는 절대로 마녀라는 멸칭은 사용하지 마라."

"응, 알았어."

"……정말로 아는 거 맞지?"

"**멜른은** 사용하지 않을 거야."

"뭐?"

꿈틀. 린의 한쪽 눈썹이 확 올라갔다.

은근슬쩍 암시된 천제의 야유. 멜른「은」이라는 것은, 그 외의 누군가는 사용한다는 뜻이 분명했다.

"이봐, 너——."

"나도 한마디 할게. 너야말로 각오하는 게 좋을 거야. 제3왕녀 시스벨이 여기 온다. 그리고 우리가 보게 될 것은, 모든 일의 원흉."

천제 융메룽겐의 시선은 여전히 천장에 고정되어 있었다.

"100년 전에 일어난 비극이야."

"……뭐라고?"

"시조 네뷸리스의 탄생. 멜른의 탄생. 흑강의 검투사 크로스웰의 탄생. 그리고 성검이 만들어지게 된 이유. 별의 중추에 잠들어 있는 것."

다시 말해——.

그렇게 말을 잇는 천제의 표정에는, 린이 처음 보는「분노」가 배어 있었다.

"이 별에서 있었던 최악의 날을, 지금부터 추체험하는 거야."

진실을 원하는 천제 융메룽겐.

복수를 다짐하는 시조 네뷸리스. 그것을 막기 위해 서두르는 동생 크로스웰.

계획을 추진하려는 팔대사도.

린, 리샤.

제907부대.

흑강의 후계자 이스카와, 제국에 가기로 결심한 제2왕녀 앨리스. 게다가 또 다른 마음을 품고 제국으로 향하고 있는 조아와 히드라의 왕족들.

그리고——.

그 모든 것을 비웃는 마녀 일리티아.

모든 세력들이 뒤엉키는 별의 대전(大戰)이 시작되기까지 남은 시간은, 열일곱 시간.

후기

당신이 세계 최후의 마녀라면, 나는 세계 최후의 기사가 될 것이다.

『너와 나의 최후의 전장, 혹은 세계가 시작되는 성전』(너와 나의 전장) 제10권을 읽어주셔서 감사합니다!

10권의 주제는 「집결」.

이 이야기와 관련된 온갖 등장인물들이 제국으로 모여든다. 그 최후의 카운트다운――.

황청에서는 조아와 히드라가 각자의 꿈을 이룰 기회를 노리고 있고.

제국에서도 막강한 권력자들에 의한 격돌과 경연이 시작되고 있습니다.

게다가 다음 권에서는 드디어 제국의 「100년 전」 에피소드가 등장합니다. 시조와 천제, 또 이스카의 스승님이 목격했던 격동 이야기의 시작이에요!

――그리고 한편으로는.

후기 맨 앞에 적어놓은 문장.

작중의 어떤 인물의 대사인데요. 사실 이것은 『너와 나의 전장』이라는 제목이 탄생하기 전에 제가 개인적으로 사용했던 가제입니다.

그 후로 이야기를 점점 발전시켜 나가면서…….

현재의 『너와 나의 전장』이란 제목이 탄생함과 동시에, 이 문장은 이스카와 앨리스가 아니라 「또 다른 두 사람」에 의해 계승됐습니다. 이 변화가 과연 어떤 미래로 이어질까요. 부디 설레는 마음으로 지켜봐주시면 좋겠습니다.

……네, 그럼! 오래 기다리셨습니다!

제일 중요한 애니메이션 정보를 말씀드리자면.

이 제10권이 서점에 나올 무렵에는 애니메이션 방송이 시작됐을 텐데요. 그래도 모처럼 생긴 기회니까 다시 한번 말씀드릴게요.

애니메이션 『너와 나의 최후의 전장, 혹은 세계가 시작되는 성전』, 드디어 방영됩니다!

▶TV 애니메이션 『너와 나의 전장』 방영 개시

①방송국

· AT-X	수요일 23시 30분~
· ABC 테레비	수요일 26시 14분~
· TOKYO MX1	수요일 25시 35분~
· 테레비 아이치	목요일 26시 35분~
· BS11	금요일 25시 00분~

②스트리밍

· d애니메스토어	수요일 24시 00분~

그 외 각종 애니메이션 방송 사이트도 있습니다.

※자세한 정보는『너와 나의 전장』애니메이션 공식 사이트 참조.

▶『너와 나의 전장』Web 라디오 방송 개시

애니메이션과 더불어 Web 라디오 방송도 결정됐습니다!

멤버가 아주 호화롭습니다. 네, 놀랍게도 이스카 역의 코바야시 유스케 님과 앨리스 역의 아마미야 소라 님, 그렇게 두 분이 라디오 사회 및 진행을 맡아주시기로 했습니다.

방송 제목은「코바야시 유스케와 아마미야 소라의 너와 나의 전장 RADIO」.

10월 6일부터 격주 화요일 갱신 예정입니다.

두 분이 어떤『너와 나의 전장』이야기를 들려주실지 저도 무척 기대됩니다. 게다가 코바야시 님, 아마미야 님 외에도『너와 나의 전장』의 특별 게스트가 등장할지도……?

(여러분의 메일도 받고 있습니다. 메일을 보내주시면 뽑힐지도 몰라요!)

애니메이션과 함께 이 Web 라디오도 즐겨주시길 바랍니다!

▶오프닝 · 엔딩

· OP「Against.」

이시하라 카오리 님이 불러주신 오프닝 주제가가 11월 4일 발매됩니다.

저는 개인적으로 제1화에서 삽입된 장면을 좋아하는데요. 꼭 애니메이션을 통해 들어주시고, 좋아해주시면 좋겠습니다!

· ED「얼음의 새장」& 삽입곡「주향(奏響) 에트랑제」

앨리스리제(성우:아마미야 소라 님)의 엔딩 및 삽입곡이 11월 11일에 발매됩니다.

삽입곡도 굉장히 멋있어요. 과연 애니메이션의 어느 장면에서 나올지 기대해주세요!

(저도 이미 인터넷으로 예약했습니다!)

둘 다 OP · ED으로 딱 알맞은 곡들입니다. 여러분, 꼭 들어주시길 바랍니다!

▶그 외 애니메이션 정보

앨리스리제 피규어 제작이 결정됐습니다.

저도 3D 모델을 봤는데요. 드레스는 물론이고 머리카락 하나하나까지 정교하게 만들어져서 참 아름다웠습니다.

빨리 완성판을 보여드리고 싶어요!

그리고 또 다른 굿즈 정보도 저의 Twitter를 통해 알려드리겠습니다!

……네, 여기까지.

애니메이션 관련 정보를 잔뜩 알려드렸는데요. 일단 애니메이션 제1화를 꼭 봐주셨으면 좋겠습니다.

애니메이션 속의 이스카와 앨리스도 부디 응원해주시길 바랍니다!

그리고 너와 나의 전장 이외에도, 전해드릴 소식이 하나 있습니다.

너와 나의 전장과 함께 진행해왔던 MF 문고 J『어째서 아무도 나의 세계를 기억하지 못하는 걸까?』가 이번에 일단 깔끔하게 마무리가 되었습니다.

이 상황에서──.

최신작 소식을 알려드립니다!

▶『신은 게임에 굶주렸다.』

인류에 주어진 시련. 그것은 신과 게임을 해서 10승을 하는 것.

지고의 신들이 제시하는 어려운 게임「신들의 놀이」. 인류의 역사상 완전 공략자는 아직 한 명도 없음.

이것은──.

전 인류를 대표해서 신들과의 두뇌 싸움에 도전하는 소년의 이야기.

소설 사이트「카쿠요무」에서 Web 연재를 시작했습니다!

이 작품은 저로서도 실은 엄청난 도전입니다. 그래서 하루라도 빨리 여러분께 보여드리고 싶어서 Web 연재를 하게 되었습니다.

그리고 연재를 시작하자마자 벌써부터 반응이 뜨거워요!
두뇌 싸움 × 하이 판타지라는 좀 독특한 세계관——.
점심시간이나 통근, 통학을 하실 때 휴대폰이나 PC 등으로 가볍게 읽어주시면 좋겠습니다. 너와 나의 전장과 병행해서 열심히 쓸 예정입니다. 기대해주세요!

네, 그러면.
이어서 『너와 나의 전장』 소설에 관한 소식도 전해드리겠습니다.

▶단편집 『너와 나의 전장 Secret File』 제2권
2020년 12월 19일 예정.
검사 이스카와 마녀 공주 앨리스의 이야기——.
장편의 「무대 뒤」에 해당하는 두 사람의 에피소드 모음집, 벌써 제2권 발매가 결정됐습니다.
정말 기쁘게도 제1권에서 보여드린 새로운 단편 두 개가 크게 호평을 받아서요. 제2권에서도 최선을 다해 새 단편을 쓰려고 합니다.
애니메이션 방영 중인 12월에 간행됩니다. 여러분, 기대해주세요!

자, 이제는 후기도 거의 다 끝나가네요.
이번에도 많은 분들의 도움을 받았습니다.

네코나베 아오 선생님——.

너무나 아름다운 앨리스 표지 그림을 그려주셔서 감사합니다!

마침내 애니메이션 방영도 시작되네요. 네코나베 아오 선생님이 그려주신 이스카와 앨리스가 애니메이션으로서 살아 움직이는 순간이 벌써부터 진심으로 기대됩니다.

(이 후기를 쓰고 있는 지금은 9월입니다. 빨리 10월이 되면 좋겠어요!)

담당자 O님, S님——.

『너와 나의 전장』 본편부터 애니메이션 기획에 이르기까지 모든 것을 전력으로 도와주셔서 정말 마음이 든든합니다. 앞으로 더더욱 『너와 나의 전장』이 뜨겁게 타오를 수 있도록 도와주시길 바랍니다. 잘 부탁드려요!

네, 그럼——.

이제 슬슬 후기도 끝이 났네요.

2020년 12월에 나오는 『너와 나의 전장』 단편집 제2권.

2021년 봄 출간 예정인 『너와 나의 전장』 제11권.

그리고 TV 애니메이션 『너와 나의 전장』에서 만나요, 여러분!

여름이 끝나가는 9월에, 사자네 케이

다음 편 예고

별이여, 당신의 과거를 보여줘.
시스벨이 비춰준 「100년 전」의 모습, 거기에 나타난 것은——.

그것은 훗날 이스카의 스승이 될 남자의 투쟁극.
제도를 방문한 소년 크로스웰은 쌍둥이 여동생인 네뷸리스 자매, 그리고
자칭 천제라고 하는 꼬마를 만나게 된다.
그리고 같은 시각, 제도의 깊숙한 지하에서는——.
별을 뒤흔들어놓을 계획이 실현되려 하고 있었다.

지고의 마녀와 최강의 검사의 무도, 제11막.

잊지 마라, 이스카. 이 검이 세계를 재성할 희망이야.

너와 나의 최후의 전장, 혹은 세계가 시작되는 성전 10

2022년 1월 15일 1판 1쇄 발행

저 자 사자네 케이
일러스트 네코나베 아오
옮 긴 이 한수진
발 행 인 유재옥
본 부 장 조병권
편 집 1 팀 김혜연 박소연 이준환
편 집 2 팀 박치우 정영길 조찬희
편 집 3 팀 곽혜민 오준영 이해빈
라이츠담당 이승희 한주원
디 지 털 박상섭 이성호 최서윤
미 술 김보라 박민솔
발 행 처 ㈜소미미디어
인쇄제작처 ㈜코리아피엔피
등 록 제2015-000008호
주 소 서울시 마포구 토정로222, 403호 (신수동, 한국출판콘텐츠센터)
판 매 ㈜소미미디어
마 케 팅 박종욱
전 화 (02)567-3388, Fax (02)322-7665

ISBN 979-11-384-0115-9 04830
ISBN 979-11-6190-511-2 (세트)